Oop !

目錄
AV 現場

序言
又難過又要看

撰文 劉細良

香港 30 世代都受日本 AV 文化影響，當你問他們是否知道「倫理監視委員會」是甚麼組織，他們都會發出會心微笑。

日本色情文化對亞洲有重要的影響，今天打開報章色情版，充斥日文漢字，甚麼巨乳系、潮吹、顏射、水着美少女治療系，甚至「AV」這個字，都是由日本進口，但香港的日本 AV，只活在一個地下世界，遊走在旺角好景、星際、信和、先達、灣仔 188 之間。但這股 AV 地下勢力實在不容小覷，當年小澤圓訪問信和萬人空巷場面記憶猶新。香港人對日本 AV 女星的認識水平比東京人有過之而無不及，男優加鷹

哥與向井朱古力波，或者女優美竹涼子、古都光、夏目奈奈都瑯瑯上口。

當我們大量消費日本 AV 片時，對這個日本色情文化工業的瞭解又有多少呢？宇宙企畫的美少女與 SOD 集體遊戲有甚麼差別，色情是否只需要連場做愛，不需要創意呢？日本色情產品以「出位」見稱，這種 outrages 的文化產品，如何生產出來？我相信每一位看 AV 片的男生，都曾經發出同樣的嘆息，為何高樹馬利亞、美竹涼子、古都光、伊東怜、夏目奈奈，她們有美貌有身材，會甘心拍這些色情 AV 片，為何由起初美少女正常性愛淪為薄格 SM 異常性愛演

員，一面看心裏一面難過，一面難過但又一面看。這時又再泛起另一個疑問，這究竟是一場遊戲，抑或是真實，為何如此迫真，她們的眼淚掀動着香港萬千 AV 迷的情緒。

所以我決定找香港本地研究日本文化的旗手湯禎兆為各位 AV 迷解惑，着手製作一本實錄式解構日本 AV 色情帝國專書，由 AV 公司老闆、導演、女優、星探一網打盡，有幾多講幾多，這是解構日本色情產業第一本中文著作，我相信沒有對 AV 片的熱愛，是寫不出這本作品，請容我代表廣大的 AV 迷向阿湯致敬！

序言
我的 AV 歲月

撰文 梁文道

　　這是我第二回為湯禎兆的書寫序了。讀着書稿，我發現原來這是一種整理自己記憶的探索體驗。因為阿湯寫的，都是我成長經驗中不可或缺不可磨滅的一部分；而且在反日氣溫正在升高的這刻，我必須說，那一部分全部來自日本。這是已經發生的事實；如何愛國也無法否認。阿湯是我這一輩友儕之中，對日本文化研究用力最深，著述最多的；這也是我們這些吃日本次文化奶水長大的「小漢奸」們不能否認的。

　　坦白招認，我們這班年過三十的傢伙（男性），有誰沒看過日本 AV 呢？幾年前，我參與一本文化雜誌的編務，向仍在某暢銷週刊工作的劉細良邀稿談六四回憶。好傢伙他用的筆名竟然是「加騰鷹」。還記得在編輯室裏，我和拍檔胡恩威臉上都掛着一抹略顯淫邪的笑意，罵劉細良自大得不知廉恥。如果你不懂我在說甚麼，如果你不知道誰是加騰鷹，那你一定不是「自己人」。

就像上次替湯禎兆寫的序一樣，我要再次強調日本次文化對我們的影響，不是一種透明並且直接的植入，而是越准為橘地被我們積極改造，成了香港年青人自己的文化加工產品。例如「大丈夫」這三個字，看過日本 AV 和色情漫畫的，一定見過這個常用語。對我們這些不懂日語的人而言，這三個字大概就像它在漢字字面上的意思一樣，指的是威武不屈的雄性氣概。所以看着那些男角對着正在嬌喘連連的女優說一句「大丈夫？」時，我們多半以為他或許是在問「點呀？係唔係好勁呢？」。

當然，後來我們知道自己會錯了意，「大丈夫？」其實是「不要緊吧？」或者「沒關係嗎？」的意思。這是一個例子，想說明的是包括語言在內，看日本 AV 其實是一連串的誤讀和文化翻譯。AV 作為一種影象語言產品，同樣有它自己的文法和詞彙。和大部分人的常識相反，色情電影並不只是赤裸的性場面紀實，也不只是直接訴諸甚麼人類最

原始的慾望，這麼簡單。人的慾望再怎樣原始，到底也要經過文化的調節和塑造；不同的文化就有不同的慾望形式甚至慾望對象，你看了大有反應的東西可能只是我們的催眠劑。因此，日本 AV 的情節、場面和角色其實也是建立在一組固定的符碼之上的，日本人如何欣賞它們，與我們的觀感一定不大相同。比如說日本 AV 在進入「打真軍」的動作之前，常見漫長的「震蛋」之類的玩具操弄過程。這就不一定很對我們的胃口了，尤其是看慣了很快就「埋牙」的美國色情片觀眾，一定覺得這群日本人真無聊。

與一般的電影電視不同，色情片對觀眾有更高的要求，它不只希望你坐着欣賞，還要引誘你以動作參與，比方說自慰。我曾經聽說，日本 AV 的情節推進速度和日本青年男子自慰的速度相關，不是片子考慮了每個人的「爆發點」，而是每個心在單獨觀賞的時候都會把自慰變成一種儀式，任由影片的敘事去規

約自己的動作節奏和心理狀態。如果看着 AV 自慰是種普遍的現象，那我們大致可以猜到，它一定需要一個可以獨處的觀影空間。湯禎兆在本書裏就指出日本年青人開始在房裏擁有個人電視機，與 AV 興盛的相互關係。但在香港，有多少年輕小伙子可以享受這種奢華，有自己的房間還要有自己的電視？所以看日本 AV，對很多人來講更有種偷偷摸摸的快感，要趁家裏沒人的時候小心翼翼提心吊膽地看。難怪當年大學剛畢業，我到一些獨居的男性同學家中作客，會見到櫃子裏有一片片日本 AV，而主人則面帶驕傲的微笑。他長大了，他有自己的房間。

關於性別剝削與物化女性的問題，我自然不敢稍忘，這也是我過去看色情電影和漫畫一直看得於心不安的原因。最早接觸女性主義的影象批評，我覺得自己簡直就像背上了原罪。我看那些「顏射」場面看得那麼爽，原來是種邪惡的大男人主義作祟，這麼多年來我都把女人當成了甚麼「東西」了？後來看了回帕索里尼的電影，又讀了點薩德侯爵的小説，再研讀過巴塔耶等左手寫色情小説右手寫色慾史的思想大師，才開始釋然：「鹹濕嘢」都可以搞成理論，「大丈夫」！再後來，我又知道了更「進步」的女性主義學説，更是能夠坦蕩蕩地喊一聲「色情無罪，睇碟有理」。其實，事情當然不是一條直路往前進這麼簡單。關於色情文化產品的政治和道德評價，至今沒有定論，例如女性主義法學家 Catharine MacKinnon 就從未在論戰中認過輸，堅決反對色情電影，堅持那是一種剝削。

無論你怎去判斷色情電影的道德價值，我覺得你不能不先去瞭解它。我看過許多分析色情影片的文章，不能説不仔細，每一個鏡頭的角度都算得清清楚楚，就像文學作品一樣，一幅「文本細讀」（close reading）的作派。但正如不少「文化研究」毛病，它

們對文化工業的成品關注得過多，對於那產品的生產
方式和過程卻瞭解得太少，一不小心就會淪為自説自
話。湯禎兆這本《AV現場》難得之處，在於它可能是
中文世界裏第一本進入 AV 工業的作品，從它的導
演、男優、女優、配角、星探到製作和發行的過程，
每個環節都照顧到了。篇幅不大，但卻面面俱全地剖
析了日本 AV 工業的內幕和運作方式。想研究色情文
化，這是本基礎材料；想要幫助香港發展創意工業，
這是塊有趣的他山之石（原來鹹戲都可以搞到這麼有
系統）。你也可以像我一樣，人家只是藉着這本書，回
首自己的青春歲月，解開往日困擾心頭的迷題：例如
「點解加騰鷹咁勁？」。

　　　　最後，對於那些又愛日本又愛國的朋友，我
想你們得弄清楚市面上的日本 AV 幾乎無一不是老
翻。所以大家盡可放心大力打擊日本人的知識產權，
振興我們的民族翻版工業。

序言
素黑 ╳ 湯禎兆 = 色情 VS 性對談

日期： 2005 · 06 · 15

時間： 6:30pm

地點： 阿麥書房

錄音整理： 雙翼

編輯 / 前言：素黑
靈性治療師作家，歷年撰寫女人性
史訪問及情感治療著作，為國內新
浪網特約專家主持。

本來就應該是一篇正正常常的序，説一點我深愛的日本導演森田芳光和金子修介也曾是拍 AV 出身的感覺，比較一下我寫性史跟阿湯研究女優的異同，談一下賣腦汁的作家如我跟賣性交的女優的本質和尊嚴其實沒多大分別，當然還幻想由我來採訪女優應該比阿湯寫得更 juicy 更到「慾」的狂妄自大……

那天阿湯在電話裏邀請我寫一個「感性一點」的序，也許因為我是女人？啊！阿湯，不騙你，我本來也想很感性的寫，自説自話自慰無窮樂樂樂的，只不過寫了千多字後，靠！愈寫愈不妙。發現其實若要就書的內容談甚麼的話，重點始終是「色情現象」，還未到「性」的層次（唉，都説過我對性愛的要求太高了）。色情像關係，是集體意識的，所以能討論，反正除了討論外也沒甚麼價值；性像愛（情）是私密的個人內在體驗，所以無法討論，只可分享和親身經歷。那麼序，是不是以討論的形式寫比私密分享更切合呢？

難怪，本來寫了的那堆私密的性體驗文字，自説自話卻愈寫愈覺不對勁。結果一個感覺跑出來：怎麼搞的，把 AV 寫成這個樣子的阿湯卻收藏了自己的感性，豈有此理！我從來喜歡看男人的感性，我要聽他説他的 AV 寫作真性情！於是，決心拉他出來聊，在那黑色暴雨的異樣黃昏，「阿麥書房」老闆溫柔的微笑和開放的心思下，要這個有機會身處 AV 拍攝現場做研究的「幸運」作者「合寫」這篇變相的素黑序言。

這是我對付色情和男人的無賴手法。

也算是為這書多添一把女人的聲音。

素黑 = 素

湯禎兆 = 湯

我想聽女優的心底話

素：一邊讀這書一邊想：作為一個女讀者，我其實一直想聽到 AV 女優的心底話，她們的心理狀態，她們遇到的生理和心理問題。有沒有一些活生生的例子？我在書裏似乎找不到很多。

湯：我處理人時是完全 sense 到這個問題的。我在書中提到有些 AV 女優會用藥物，接着便沒有下文，像剛剛到位便沒有再發展下去。可以說我有兩個感覺：一方面太負面的東西我盡量避重就輕，因為我和她們傾談時間不多，只有一兩個鐘，她們未必願意和我分享最真實的情況。加上今次的訪問對象，部分是現在仍然紅透半邊天的女優。其實說得最少的往往是最 top 的那個，因為任何比較負面的說話都會對她們的事業不利。她們自己內心經歷甚麼也未必願意和我分享，所以即使我問她們也未必肯回答。

素：你的角度是從專業出發，而不是 take it personal 吧。我一直寫很多關於性的專欄和出書，而你這本書的主題是色情工業。你認為性和色情有分野嗎？我們是否色情作家？你這本書對作家寫色情內容的定位似乎頗為曖昧，因為你好像扮演抽離自己的角色，以社會學或者做研究的入手去解拆 AV 工業這現象，但不能否定，你採用這手法的同時也難免滲入偷窺成分，你是走到拍攝現場從旁獵奇啊！我立即想到的是，不少讀者會很羨慕你，盼望代替你的角色。瞧，你在 AV 製作中也擔演了你的角色啊！你怎樣看自己的角色呢？

湯：我想假如他們代我去現場，一定不能得到滿足。我相信最有意思的，原來是有想像的空間。但當你落到場，其實甚麼感覺也死寂。我做研究時曾經對一些女導演有想像，以為她們很有想法，很有創意。但現場看她做導演時的態度便很失望。後來我再做研究，發現一個很有趣的地方：AV 導演其實很像運動員，成名得很快，但能捱下去的不多，可能到中年便無以為繼。看導演的背景，大多小時候並不是十分幸福，甚至第一次性經驗可能很後期才出現。青春火花很快便爆完，之後可能很快便枯乾、疲累。我想我關懷的角度不是從「性」出發，而是從電影的角度。例如我看一套 AV 會看裏面有甚麼 crossover 的東西、用了甚麼有趣的技巧，在性以外的構思有甚麼特別的地方。如果這書以一個偷窺的心態寫，我當然知道有甚麼可以滿足讀者，但我不想就範，因為我根本沒有這心態。所以我寫的並不只有偷窺，還包括那些知識分子對性

的「美麗」想象，例如有文化人對 SOD 抱好感，認為性可以由黑暗變成光明。當我們認同性革命，認真去辦色情事業時，我們其實某程度上對這東西很嚮往。可是，當我那一星期在拍攝廠中走來走去，看見每一個人在那裏都卑躬屈膝，親身看到現實與想像之間的距離，根本完全不想逗留。

素：我想我和你也一樣，我做性的研究，你做色情事業的研究，這算不算也是色情工業？活在這個色情媒體泛濫的世代，每個人都很難避免投入色情工業中，即使我們沒買 AV 沒嫖妓，只是買書一讀，其實背後已參與了，也是一種交易。分別只在於我們讀書時，究竟是當看別人性交還是做愛，得到哪個程度的滿足或惡心。這也是你關心的問題嗎？人喜歡道德化，以為寫性、色情的文人也只是把色情行為包裝成所謂「研究」去求財。我從不認為我寫性史跟色情有關，因為我是寫性，是做愛而不是性交，更不是性交（色情）工業。寫和性有關的很容易被標籤為色情寫作，想「出位」，我最討厭這字眼。你會如何面對這現象？

湯：我其實真的不太關心。我寫這本書未必達到「文化人」期望那麼高的層次，可能它是很親民的作品；亦未必像妳一樣那麼仔細從性的課題閱讀，甚至要去分辨色情和性之間的關係。我從人的角度着手，例如

我很喜歡 Mew 這個女優，她專業得令人肅然起敬；另外我也很喜歡日比野導演，因為大家也是電影人。其實很多女優的內在能量都很強，所以後來我回來後也有想起妳，覺得可能由妳去訪問她們，從妳的角度投射，可以寫得很澎湃。

你能怎樣尊重她們？

素：當然我也像一般人一樣想知道女優如何入行，AV 工業如何運作，背後有沒有黑手，以及很多 stereotype 的問題。但我更有興趣知道那些女優如何保護自己的身體和健康，如何所謂專業。剛看到一段新聞，日本的愛滋病新感染率維持在很高的水平，反而其他落後國家如非洲、泰國等的新感染率已下跌了。看，日本這個安全套使用率達 99% 的發達國家，為何愛滋病的數目依然高企？女優和 AV 老闆應知道安全性行為的重要性，那她們究竟有沒有保護自己的意識？或者這個行業是否有安全性行為的意識呢？女優經常「打真軍」不用套雜交，根本無法避免感染性病。這也是我感到很不舒服的原因，因為所謂 AV 專業的背後其實很不專業，剝削男女演員。

還有，到底 AV 女優覺得她們跟妓女有甚麼分別呢？妓女是盡量配合嫖客暗裏性交易，女優則把性交易公開，那是一場秀，對她們而言，性交就是演技。相信金錢以外最能滿足她們的就是那個鏡頭。女人都喜歡

在鏡子面前享受釋放身份的自己,好歹也算圓了明星夢,滿足表演慾,跟一組人合作,拍攝,有導演,有副手,有燈光,被視為演員的身份很吸引吧。那是尋找身份的崇拜過程。

湯:對,事實上她們的收入不算很豐厚,所以才更令人費解。普通人很難晉身藝能界,而她們能支撐住的話便可被認可,被人讚賞,在該場合中可以得到別人的尊重,好像戰勝了甚麼似的。放工後不快樂便靠藥物麻醉自己,然後第二天繼續上班。還有另一件奇怪的事,她們沒有任何保險,整個工業其實運作得很粗糙,根本談不上專業。但日本人的習俗是很有禮貌的,完事後會跟妳說「辛苦啦」,做燈光的也會向妳千多謝萬多謝。我覺得這是幻象,令她們得到超越金錢可以給予的肯定。在我接觸的女優中,賺錢真的不多,但她們可在裏面找到自己的存在價值。她們其實想做明星,不然她們一早便去做妓女。當她們沒工開時,也不排除她們走上當妓女的路,因為曾做過女優的,身價會比較高。

素:做一個妓女跟做女優似乎分別不大。分別只在女優有一群人在身後喊「奸爸爹」,不只是給「核突佬」幹完就算。

湯:事實正是能承受愈多「核突佬」的女優,愈覺得自己可敬,感到自己的存在價值愈是高。原來有一些東西她能做到,而其他人做不到啊。

素:她們的表演慾很強,很想做明星,很想上鏡。從心理角度看,她們可能很多都是不夠自信的人,自我價值很低,覺得自己不夠出眾,現在這麼多男人需要自己,看自己,感到異常高興,重建自己的價值。而我相信這一定不是錢可以買得到的。

湯:其實她們經歷過很多不愉快的事,例如她們有人在出埠時,被老闆強姦她們,但她們只有啞忍。

素:她們收受的利益並不真的很多,可她們相信自己將來會紅,就是這種心態使她們活下去。於是她們的奴性,出賣自己的想法就會很強。所以,我最不喜歡的就是知識分子把性工業過份理性化,例如只從奪回性權的女性主義或泛開放男性角度過份美化性工作者。性工作者所面對的真實是很複雜的,不是性權、開放等概念可以掩蓋。

又,我們常常會問關於尊嚴的問題。從事性工作的人,究竟尊嚴是甚麼?是誰給的?為何這職業沒尊嚴,而其他職業又好像有尊嚴呢?我作為一個靠寫稿維生的作家其實也覺得沒有甚麼尊嚴,腦子和身體都

受傷，要看醫生。其實只是器官不同，為何性工作者一定沒有尊嚴？飯島愛這個例子便很有象徵意義。她變成作家後別人便變得尊重她，真是非常諷刺。不少男知識分子會說自己很尊重 AV 女優、性工作者。我想問，你們怎樣尊重她們呢？在交易中說甚麼尊嚴？在評論中更談不上尊重。有些知識分子會說覺得性工作沒問題，只要性工作者本身尊重自己，當是一份工作，甚至可以在裏面得到 pleasure 等等，把一大堆（法國式的）女性主義式的概念搬出來，請問他們如何具體地尊重她們呢？別忘了思想開放的背後，其實不肯承認的卻是他們難耐橫流的性慾，他們也會消費這些女人，會買 AV，會嫖妓。他們怎樣去尊重她們呢？不曉理性化性交易活動的草根階層反而純粹一些，那是清清楚楚的性交易，乾淨利落，我會尊敬他們不虛偽。我從來不否定性需要，但當他們把自己抬高了，覺得我嫖但我尊重她們時，那他們可否說搞清楚到底他們是在哪一個層次尊重她們呢？

性工作的問題並不在道德，而在工業的本身，那剝削和歧視的現實。我們從前會貶低戲子，現在反而很接受，覺得是天王是明星，現在我們也會高捧 AV 女優，因為她們「不是妓女而是演員」，甚至特別喜歡日本的女優，因為她們很單純，很 cute 叫床聲好聽，沒說出口的當然是她們相比於外國 AV 女優的奴性份外高。好像我們真的「文明」了很多。為甚麼我們對女優和妓女的態度如此不同？究竟男性對女「性」的所謂「尊重」停留在哪個層次？AV 工業無論是工作者還是消費者，裏面包含了太多霸權私慾和商業利害的衝突，還有那個人健康保障的權利問題。當我們「文明」地或無知地肯定它時，我們可能跟支持麥當勞、可樂和煙草商一樣，縱容背後的剝削，被表面的「專業性乾淨」蒙蔽。我不想製造一個假象，說某些東西應開放地包容，或者道德地壓抑，我只想誠實。

湯：我完全明白妳那不喜歡這工業的感受。但我在寫書時的考慮會是假設我盡我所能，在短時間內跟她們建立交談的關係，我不想放進任何感情。我可能只是一部錄音機，妳說妳的事給我聽，我便盡量將它完整地表露；繼續發展下去，希望有多些看法，例如她們如何面對這些事，就好像口述的城市紀錄一樣。當然，如果是女性去做這 project 的話，給她們的印象會很不同。但站在工業道德上，不知是不是迴避，我在這方面的意識不是很強。雖然我們現在好像很高調地談這個問題，但其實我們身邊的人都不多去問。不多去問的原因，第一，可能是當成一種迴避，又或者在不去問的道德層次上，可能以為已經理解了這個問題。第二，或者用我剛才提及的方法去看，可能以為這只是知識分子的一場遊戲，把性附加文化意義，令消費過程合理化而已。

未到性開放層次

素： 這令我想起一個問題。甚麼是「開放」？「開放」與否是在哪一個層次上去説？我很抗拒「開放」這個詞，別人可能説，你是知識分子，應該「開放」；又可能説，妳是女權分子，也應「開放」。但「開放」一定不是把道德問題正面化這麼簡單的。我想搞清楚的是，我們一開始談的是「色情工業」，而不是「性」。我覺得我們還沒有真正從「性」的層面去看整件事，甚至未夠層次。雖然性可以被當成色情的東西，但我覺得我們還未到談「性」的層次，我們只是談如何去消費，消費了甚麼。説我們要對妓女，對 AV，對女優等整件事情「開放」的話，其實很容易變成知識分子虛偽的語言遊戲，那是一種掩飾。例如一個人自辯説我看 AV 因為我怎樣怎樣的時候，這辯説是出於他對性道德的智性理解，是他展現性開放，甚至抱有性革命、解放的意識時，我會覺得很無聊。我會高興地聽到你説看 AV 是因為性慾起，想解渴。我覺得 AV 是工業的問題，而不是性的問題。你有性需要沒問題，幹嗎那麼多道德自辯呢？你如何理性，也逃不過要處理「性慾」的現實。

湯： 我在日本讀書時，印象最深是有一個很熟絡的同事，收工時會和他一起飲酒，上他家坐。他的習慣很有趣，他一回家便會隨手拿一盒 AV 播，變成我們談話的背景音樂，像我們回家播唱片一樣。那時我也有些 cultural shock，覺得頗有趣，只覺得他好像很舒服，好像調對了房間空氣的頻道一樣自在。這算不算一種快樂的方法呢？我想可能我們急於為討厭的事尋求解釋，但很多東西未必能夠用語言去直接解釋。

素： 你寫上野千鶴子提出在性的自由市場中，快樂將會淘汰貨幣而成為最終的支配運作原理。我不知道她指的「快樂」是甚麼。是不是那些 AV 女孩的滿足不是來自金錢便「快樂」呢？另外，AV 消費者是不是一定「快樂」呢？在這消費的過程，到底誰最「快樂」？

湯： AV 女優從性能量中得到的快樂可能只在某一個頻道才可溝通，正如我覺得我和 Mew 在這方面是溝通不到的，我感受不到她存在對性執迷的那種力量，這可能是我自身的限制，或者太少時間了解她。但一些女優的快樂可能是我們不能想像的，我們不能用我們的習慣去了解和解釋。

素： 幾年前我看過 BBC Channel 4 做的專輯，他們訪問了一些性工作者。有些很潦倒不快樂，有些卻很自在。我看到其中一個被訪者真的很快樂，我相信她是

真誠的。因為她性慾很強，丈夫因為工作時間太長不能滿足她，所以接受她做妓女，因而使她得到很大的滿足。當然這不是絕對的。當我說我寫作很快樂時，我只是沒有把痛苦的面向展現而已。但當我們看到這行業的 upside 時，就認為性工作者是可以很自主，如果伴侶未能滿足她時，她可以考慮做妓女；她表演慾強時，也可以考慮做 AV，因為它是一種專業，這樣便很有問題。我們能這樣簡單地替性工作找到快樂的出口嗎？我覺得事情未必能這樣說過去。

湯：今時今日我們去看這個課題，其實已經存在既定固有的論述。我們很難擺脫它。一個論述呈現出來時，論述者未必很直接地參與那個行業，其他人對那行業也可能有另一些看法，讀者可以自由選擇他們自己的立場。當這些種種都是想像，包括女性主義論述也是一種想像時，你自己該如何選擇站在哪一個位置呢？

是童年不幸是剝削也是個人選擇

素：我讀到 Mew 的個案時覺得很被打動，相信很多女性讀後也會有感覺的。她說她戀愛時被客人摸會覺得想哭，不知道男人讀了會有何感想，這是很女性的愛的方式和心態。女人用心去愛，男人用身體。但這個又不能簡單地淪為性愛二分的兩性討論，因為男女的

愛，箇中的心理狀態和情緒因素是很複雜的。不過關於她說她的男優男朋友會罵她是「淫婦」時，相信很多女性聽了也想把這個男人丟落街。她是女優，他是男優，他們做着同樣的工作，但當吵架時，他會把她貶為「淫婦」。工作要是污穢的話，大家也污穢，這反映出一個根深蒂固的性別歧視觀念：女人當娼就是賤貨。相反，女人不會這樣看男人，她們覺得男優是一種職業，職業以外還尊重他是一個男人，一個戀人。我每天面對很多求助的讀者來信，大部分女性的感情困擾都是這些很不為人道，說不清楚的委屈。女人的壓抑畢竟是自製也是被性別文化強加的。其實男人覺得女人總是把性和愛道德化時，也可捫心自問自己是否第一個將道德壓在女人身上的罪人。

湯：正如妳剛才說，我相信 Mew 的情況也一樣。表面上好像甚麼也做得到，實際上可能很軟弱，可以承受壓抑的程度可能和想像中成反比。當然每個人也會有這種情況，只是我們不知甚麼時候會軟弱。說到這些事，我不想有任何的詮釋，因為別人可能會歸咎於她從前不快的經驗，或是因父母的問題。但我不可能為此作任何詮釋，只能盡量保持客觀。人本身就是這樣才有趣，好像有很多很典型的東西，但又有很多不典型的東西在不同場合出現。想象的空間就在這裏。

素：你提醒我一點，就是你訪問的那幾個女優個案裏，幾乎都有一個破碎家庭。

湯：對呀。如果想像真的存在，讀者可能會想，不是吧，又是那老掉牙的老土背景。

素：讀者很容易會以偏概全「證實」幹這行的女優都因為童年不快樂，有不健康的成長背景，心理有缺陷。我很抗拒這樣的詮釋，所以我通常會反過來問：現實中哪個家庭是健全沒問題呢？我大部分的客人自己也覺得她們的情緒問題源於童年不快，將自己的從前說成可歌可泣的真實故事，例如父母不要他們、被父親強姦、被哥哥侵犯等等。有個男客人甚至跟我說他現在的問題源於兒時被母親打過，天，哪個孩子未被父母打過呢？成長背景和經歷是重要但也不是決定性的元素，導致現在我們的選擇。

湯：問題是他們相信，他們覺得這很 logical。

素：我覺得這是一個文化病態的問題，大家潛移默化童年陰影的關鍵性，製造正如女性覺得自己一定要受保護，男性一定要保護人一樣的定型。整個文化令你相信就是這樣，我覺得這才是最大的病。我們常常說社會患了甚麼病，性又是甚麼病，其實性是沒有病的，病在我們心中。我們知道與不知道，消化與不消化，全都在內心。在我接觸的客人中，他們只說童年不快事，卻不說開心事，因此合理化自己現在的問題。這是選擇問題，也是病態所在。

湯：我覺得這個其實很難說，真相是甚麼呢？她們的入行原因是甚麼呢？在我撰文途中也意識到這個問題。我盡量客觀呈現他們的思考方法，把它們紀錄下來，可能再做一些分析的工作。但其實這樣足夠嗎？還有沒有更好的方法？如果我多說一些，又可能改變了原本的意義，亦要顧慮她們要面對的問題。

素：我希望多些人反思這些問題，不希望大家面對負面的事情總想把責任歸咎於破碎家庭上。人是被動也是自主的個體，我們要對自己的選擇和行為負責任。

湯：所以我在書中不提有著名男優坐牢的事，因為假如我一寫，讀者又會把整件事負面化。

素：我覺得我們不論閱讀色情也好，寫有關色情的文字也好，我們其實還未真正碰到「性」的層次，充其量只停留在處理或再生產色情和慾望的層次。站在滿足性慾的層次，AV 的價值是肯定的，因為它有一定程度的性功能，為性饑渴的消費者提供發洩的合法途

徑。可能正如你說的那位日本朋友一樣，回家聽到 AV 女優的呻吟聲就好像調對了頻道一樣，其實也算是一種心理性治療，起碼在人與人接觸的層面上，AV 的傷害比較少。但 AV 的功能真能提供滿足感嗎？這正是 AV 工業的陷阱。其實大家都知道，滿足是短暫的，甚至愈看愈不足夠，看完可能內化了那些不真實的性演技而變得性無能。我們追求的其實不是女優的身材，因為說實話很多女優的身材和外表都十分平凡，她們不及明星的魅力。可我們還是需要 AV，因為它勾起你的慾望，提供勾起慾望的聲色和場景，看一個性工具（女優）如何被勾起性慾。我們買的其實是慾望的本身，而不只是看女優的生理反應。

看人家性交和自己性交是兩回事，看人家做愛和自己做愛也是兩回事。那是不同層次的性滿足，也是不同層次的慾望橫流。AV 充其量只滿足看人家性交的部分，所以永遠不能滿足人所有的性慾。有人相信 AV 可增進性伴侶之間的感情，當是做愛的前戲，但這前戲其實很危險。當大家做愛時不能做到 AV 那種性交演技效果時，危險便來臨，原來我們被扼殺了慾望和性能力，由做愛變成性交，由性交變成演技，結果演變為感情關係危機，怪不得愈性愈沮喪。

湯：我想要看你怎樣用 AV 這工具。我買 AV，可能因為它拍得勁，好奇它如何由頭到尾只打一支燈拍完。

有段時期他們流行一手執鏡拍一邊去做，我就想看看他們怎樣不「甩鏡」—— 你可以說是一重十分影迷化的切入點。當然現實中 AV 有很多不是太健康的地方，例如激化的趨勢，令到總之在 AV 的世界裏，演員廿個不夠便三十個，三十個不夠便四十個。加上安全問題，人數愈來愈多，有時他們又不用安全套，還要肛交之類，也是 AV 的另一重危險。

素：嗯。女優是不是完全沒有安全意識呢？只是覺得好玩，想做明星？但她們其實不是明星，這是非常危險的工作。許多性病是不治的，或者令她們無法生育。但代價是甚麼呢？幾千元拍一套的工資值得冒險嗎？

湯：說到底，其實做了女優便有人認識這想法是一個幻象。我在日本出席過一個女優的簽名會上，差不多完全沒有支持者；表面上好像很光彩和風光的事，實際上和我們開一個新詩座談會差不多，說不定一個新詩座談會的觀眾可能還會多一點。但對女優來說，那或許已經是教人心滿意足的幻象空間了。

素：總之，遊戲規則是清楚的，最終還是個人的選擇。

AV Logistics

眾裏尋她

人來人往的街頭正是一切可能性的開始，對 AV 工業來說，甚麼也可以缺少，唯獨是女優不可取替，所以在整個 AV 工業的生產鍊中，街頭狩獵的環節始終不可或缺。雖然在街頭發掘出頂級女優的機會已愈來愈少，但一切仍有基本功的作用，而且打算決志入行的女子人數始終有限，反而被衝動誘惑牽引而入局的仍大不乏人，所以萬事起頭說難不難，說易不易，一切仍是由街頭開始。我們在涉谷站前作實地街頭觀察，在傍晚的繁忙時間大抵僅在站前的有限空間，最少已經有上數十至上百的各式星探盤踞，而差不多所有稍具姿色的女生在經過一刻，都會被搭訕攀談。而據觀察所得，其實不少人都已經對搭訕應付自如，有時我反而想：會不會不被星探搭訕的，反而感受到另一種不尋常的壓力？

星探狩獵

資深星探末藤為雄的經驗談：「一名星探平均向一百人攀談，而得到回應的不到一成人；而其中肯到咖啡店坐下來談談的，大抵五、六人中只有一人；最後肯真正拍 AV 的，平均在十個去咖啡店進一步商談的，會有一個成事吧 —— 所以你可以看到要找一名 AV 女優，事實上一點也不容易。」而且正如《池袋色情男女》中所云：你還要面對同事務所內的伙伴競爭，一不留神就會被人食夾棍。而且更要在街頭上與各種不同星探正面角力，由藝人、夜總會到各式各樣的色情玩意，大家都需要大量新血來為所屬的工業注入生命力。世界艱難，大抵到哪個大城市均如是。那天隨末藤為雄在新宿街頭作實地狩獵，好不容易終於找到一名樣貌標緻的女孩駐足攀談 —— 可惜話雖投機，但原來對方早已被其他事務所招攬了。

雖然不是另一間 AV 星探經理人公司，但事實證明新宿街頭無靚女：要搵食，都係行遠 D 啦！

正式入冊

看着公司女優的名字，正好反映出 AV 行業的冷酷無情。現在的業界實況，是一女未死，一女早鳴 —— 從另一角度來說，也解釋了為何企劃女優的數字大幅飆昇。企劃女優 Mew 的告白：「不過回頭說到 AV 業界，那其實是一競爭十分激烈的賽場。我之所以有那麼多工作，和自己百分百投入永無說不的專業工作態度有直接關係。所以一旦作出太多揀擇，工作前景就會有所改變。正因為我是以 AV 作為自己的決志職業，因此不容自己胡混下去。」妳不吃糞便，他人搶着吃 —— 說得難聽一點，妳吃得猶豫不決，也會被人笑臉爭先！

試鏡簽約

一旦質素合格，而又願意簽約入行，就要公事公辦。當然有無良的下三流公司，會以拍造型照又或是樣本帶，在公司內先與上來的女子「試鏡」一番，甚至有人會轉手把這些影帶送入地下市場賺回一筆。不過有心把工作看成為是正行的從業員，自然不恥於去賺以上的快錢。正如全身 AV 人鈴木義明所說：「收到的酬金會由妳與公司對分，這是行規，不信妳可以再問問他人。不要以為我在謀取暴利，妳看看公司的燈油火蠟，每一樣都無錢不行，而且有時也要照顧妳們的起居飲食，充充排場的情況間中也免不了。」頂級單體女優一片身價可以去到數百萬日元，而企劃女優則在十萬日元內徘徊上落 —— 其中的差異不證自明，誰是頂級女優的少林寺？—— 那不僅是面子的問題，更是生存的迫切問題。

3

4

AV Logistics

看板做人

5 那麼能夠上板的,始終代表工作正式開始,每位女優也看板做人,而且據説那亦是一個全透明的專業賽場——誰受歡迎?誰混不下去?彼此一目了然。即使當紅炸子雞,都總有退下來的一天。小室友理的傷感:「當看到自己的名牌在事務所中被除去,而又眼看着其他後輩的人氣漸升時,心中也有酸溜溜的一刻。不過 AV 就是愛新鮮的業界,女優的存在價值就等於一枚壽司,一旦在運輸帶上擱久了,便只會落得被扔進垃圾桶的命運。」

實地綵排

6 終於來到現場:AV 業界內有眾多的製作商,他們拍好作品後,再交由發行商去把作品輸送到市場。當然有公司肩負兩者的角色,SOD 就是一個好例子,它亦同時依賴不同的製作商去維持大量的 AV 出產量,如極具爭議性的「V&R」、由日比野正明導演領軍的「日比野」,又或是由菅原智惠掌舵的「SOD Create」等。現場中話事人當然就是導演,而且製作上也會盡量認真,譬如演員要綵排,亦都要對劇本(儘管可能內容變化不大),也一樣有人去打點服裝及道具。

拍攝現場

由於攝製組的人數有限，很多時候都不會有太嚴格的區分。著名的 AV 導演松尾 Company 曾憶述：自己也是由副導演做起，而且是名副其實乃所有事情都關你事的崗位；日比野正明導演也說過一星期不睡實屬閒事。更有趣的瑣事：由於資源有限，一旦有任何崗位出現真空，工作人員便要立即補上，松尾導演也曾因此而「被迫」成為了 AV 男優，而且還與某女優發展了一段為期不短的地下情緣（不過諷刺的是，後來才發覺原來那女優和所有工作人員都曾有一手！）。AV 眾生相，一切也就是由現場開始醞釀發生。

後期製作

面對剪片室內的熒光屏，大抵是最有電影感的一刻—— 屏象何處不相逢，影迷何必曾相識。日比野正明導演私底下對我說：如果自己公司的設備，有眼前 SOD 這樣完善便好了。對製造器材的熱切追求，正好反映出他們對電影迷戀的根性。我提過不少 AV 導演其實都是臥虎藏龍的人物，他們不僅對專業有深厚的認識，同時更加熱愛影像媒體。Deeps 的社長豆藏正好是絕佳的例子，他原名為久保直樹，畢業後一直參與自主映畫（即獨立電影）的製作活動，93 年完成《垃圾》，並且曾在一些地區性的小型國際影展中奪魁得獎。可惜現實上拍自主映畫根本不可能養活自己，為了追尋理想，他有一段長時間在酒店當侍應來應付生活的基本所需。後來他終於決定放棄自主映畫的理想，先入電視台任新聞節目的剪接，後再加入「V&R」這間傳奇色彩濃厚的 AV 製作公司，但三個月後發覺大家方向不合而辭職求去。最後得到 Soft On Demand 的高橋社長賞識，提拔為製作商之一 Deeps 的社長。

　　不知道今天豆藏認為已經達成了自己的電影夢沒有？

AV Logistics

宣傳第一彈：接受訪問

完成拍攝工作後，啟動宣傳機器便是下一步的程序。現在的 AV 工業已不用偷偷摸摸，甚至賴以為生的各式雜誌已多不勝數，《噂の真相》、《Video the World》、《Orange 通信》、《AV疾走情報》、《Video 女僕 DX》等等，可説為百花齊放，爭奇鬥艷。據 AV 研究者藤木 TDC 的憶述：九零年前後因為是 AV 的第一波沸騰期，所以相關媒體如雨後春筍般湧現，連社會上也出現「AV 媒體」的新名詞來。而他作為 AV 作家也在那時候寫了最多的現場報導，和大部分的女優也借此混熟。作為一個從異域前來的 AV 過路人，我在現場中也充分感受到女優的合作態度。但也因為她們已久經訓練，回應上也不免有固定程序，何況現在不少大公司都會為所屬的女優開設個人網頁 —— 以網上日記再配合其他有關資料，亦為 AV 追星族拓展了另一坦途。正如夏目奈奈告訴我：現在的工作表排得密麻麻的，不是拍片就是要宣傳，少一點精力也不成。在這一點上，AV 女優其實與一般的藝人差別不大。

9

宣傳第二彈：演唱會

千萬不要以為現在當 AV 女星就只一脱成名即可，現實中如 Sexual Kiss 的演唱會可謂時有所聞，一伙女優先不理歌喉如何，但只要 Bra-top 配上迷你裙在台上扭動蛇腰，大抵唱甚麼都會有人入場欣賞。入場券當然不可和真正的知名歌星相比，但數千日元一枚的價位仍是可以攀上的。對於經理人公司來説，絕對是一石二鳥的上乘計策，既可滿足 AV 的宣傳功能，同時又可以為旗下女優擴闊出路。我有印象的台上 AV 女優只有安西美穗及星川南 —— 以後，且看有沒有機會看到她們以真正歌手的身份示人吧。

10

宣傳第三彈：簽名會

宣傳上的最後一擊，當然是 AV 女優現身的簽名會 —— 看，無花無假，正是彭浩翔《AV》專用女優天宮真奈美真人簽名會的直擊報導，地點在足立區竹之塚的一所連鎖影視租賃店內。聞說彭浩翔在看罷天宮真奈美的 AV 後，立即指定要找她來出演《AV》女主角，可說是非卿不用。我沒有看過任何一齣天宮真奈美的作品，但也曾聽聞她女大學生身份的驚艷（上承女大生前輩黑木香的話題性），同時也因為彼女笑容可掬而產生好感。不過報導事實是記者的天職，所以儘管可能令大家美夢幻滅，神話驚醒 —— 我仍然要冒死作諫。在原定個多小時的簽名會中，天宮真奈美作為現今二線頭、一線尾的現役女優，想不到支持者的寥落程度，與在香港辦一個小眾文化活動不遑多讓。說小貓三四隻或許也高估了，我和攝影師一不留神差點也被迫令成為模擬「粉絲」。事實上，在場的媒體行家肯定較真正的消費用家不知超出多少倍。我常說香港對日本的 AV 是充滿色情想像 —— 在想像背後，其實不少與風光無緣的一點一滴，也順便被我們的隨意機制一筆勾消，無得留低！

11

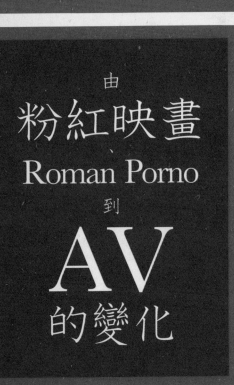

由
粉紅映畫
Roman Porno
到
AV
的變化

前言

Fore Play

AV（Adult Video）的出現，一般來說在日本被公認為乃八十年代初的事情。它以錄影帶的形式出現，而且嚴禁向十八歲以下人士租售，隨着社會條件的不斷變化，AV 已大規模殺入日本人的日常生活中，而年青人可謂通過 AV 經歷了前所未有的一場性革命。根據 94 年日本總務廳青少年對策本部所發表的報告，顯示出在 93 年的調查中，日本中學生整體上曾看過 AV 的人數比例為 37%，而男子高中生更高達 77%，由此可推想出 AV 的普及程度。當我們進入去探索 AV 世界的不同面相前，或許應了解日本的色情影象世界，究竟是如何一步一步走到 AV 刻下的眼前面貌。

「粉紅映畫」與 Roman Porno 的並存

由六十年代開始，社會逐漸出現正面表現性的電影。據日本評論界的共識，大家都認定 63 年小林悟導演的《肉體市場》是「粉紅映畫」的處女作，也由此作為獨立標示以及追求定性的類型標籤，成為堂堂進入市民日常生活的娛樂素材。切通理作在《四十年的挑逗與叛逆 —— 回顧色情電影》中，指出當時日本的電影界由五大公司（東寶、松竹、大映、東映及日活）所壟斷，而剛才提及的作品正是由一些獨立製作公司生產，而湊巧又有一名記者村井實為此起了「粉紅映畫」的名字，於是作為類型名目而不脛而走。一般來說，「粉紅映畫」的製作條件極為有限，每齣作品約為一小時，製作費只有港幣二十萬左右，而且通常僅有數天的拍攝期，委實令人難以置信。但由於市場反應甚佳，當時有不少獨立製造公司也紛紛加入製作「粉紅映畫」的行列中。第一代的「粉紅映畫」著名導演，包括有小川欽也、山本晉也、渡邊護及剛才提及的小林悟等人。

而大公司有見及此，也開始涉足其中，分一杯羹，如新東寶、大藏貢、日活及東映等都轉攻「粉紅映畫」市場。其中日活一向是日本的老牌電影製作及發行公司，但在七十年代的轉折期卻陷入嚴重的經濟危機，甚至因電影

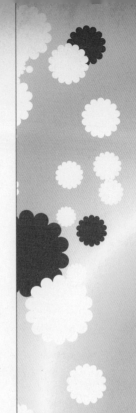

AV 是可口可樂

有 AV 業界中人，一度以可口可樂來比喻 AV。意思是說原來在美國有一說法，就是可口可樂有抑制性慾的成分，所以最初針對戰地士兵特別希望他們多渴可口可樂，以便淡化他們的性慾，減低軍中出現風化事件的風險。可口可樂是否有以上的功效，我無力求證，不過就有 AV 業界中人認為 AV 的蓬勃，恰好有遏止性犯罪的作助。其中更有人認為觀看 AV 現場的拍攝實況，應該是每個人的必經階段云云。「出去社會工作之前，一定要到

界的不景氣而一度在破產邊緣掙扎，公司財政十分拮据。於是自 71 年 10 月開始，便宣佈推行生產 Roman Porno 的路線（自設新名，其實「粉紅映畫」也好，Roman Porno 也好，同樣也相等於今天所謂的軟性色情片），以雙連場形式製作大量的軟性色情片，每一片均僅以嚴格的低成本、極少工作人員參與以及極短拍攝期作製作條件，而自然以性表現為題旨，成為當時年青人趨之若鶩的新興熱潮作品，而日活亦得以因此而「敗部復活」。

Roman Porno 發展得較「粉紅映畫」更迅速，因為除了在電影場作連場的放映外，更重要是日活公司看準了日漸興旺的色情酒店市場（Love Hotel），同時進攻錄影帶市場，大量提供作品供酒店播放使用，且由代代木忠（他是引領日本色情影象工業走向 AV 的關鍵人物，下文會再詳細介紹）主領的「第一企劃」負責開發，每一齣以當年約七十萬日元的成本，製作出三十分鐘的短片。

據色情影象專研學者藤木 TDC 分析，他認為若把 Roman Porno 與同期的「粉紅映畫」比較，一般來說前者製造出來的性刺激氣氛大體上較為淡泊。他指出 Roman Porno 的導演不少也系出名門，如藤田敏八、白鳥信一及那須博之都是東大的畢業生；西村昭五郎是京大畢業生；而更多的乃早稻田的畢業生，因此也令到 Roman Porno 從一開始已瀰漫較為濃厚的知性氣息。

AV 現場觀賞一次。當看到現場所有人的拼命工作的情況，肯定會受到現場的氣氛洗禮，而且絕不會成為壞人！」姑勿論這種言論有多大的說服力，但至少告知我們一個事實：要工作做得開心，一定要對自己的工作有信心以及狂戀熱愛。

Roman Porno 盛極而衰

全盛期日活旗下有不少著名的導演如神代辰巳、小沼勝、田中登及武田鐵矢等，而女優亦有白川和子及青山美代子等，她們可說是早期對等觀念下的「AV 女優」前輩。事實上，日活旗下的導演一直遊走於 Roman Porno 與主流電影的兩端，不少也在日本電影界頗具名聲，如村川透便曾拍過由松田

優作主演的《甦醒金狼》（79），藤田敏八也有名作《妹》（74）為
人所傳誦。遠的不說，即若以《其後》（85）及《世紀末暑假》
（88）而為香港人認識的當代日本名導森田芳光及金子修介等，他
們都曾是 Roman Porno 的一分子（前者的代表作為 82 年的《傳
說中的脫衣舞孃》（正版），後者為 84 年的《宇野能一郎的濕潤一
擊》），可見 Roman Porno 對日本電影業的發展確實有舉足輕重的
重要性。

在日活厲行 Roman Porno 方針之時，社會上也非全無非議
的；72 年日活便曾因與「第一企劃」合作的色情錄影帶，被電影
審查員以「公然陳列猥褻性圖像」作起訴，幸好終得到勝訴，令
日活可以保持方針不變。但由此也促使業界加速成立類似日本電
影倫理協會（簡稱「影倫」）般的監察組織，於是日後才有與 AV 息息相關的
日本錄影帶倫理協會（簡稱「錄影倫」）的出現。有趣的是，日活對 Roman
Porno 的要求，主要集中在生產條件上的規限，反而對內容及拍法不太理
會，只要有一定比例的性愛鏡頭便算是合乎標準，由是如日活大師神代辰巳
便成為最大的得益者，因為他成為了 Roman Porno 的主力生產導演，由拍攝
手法到內容均有異常規，化為一代的 Roman Porno 大師，作品也沾上了濃厚
的異端文化色彩。而他生前所拍的 Roman Porno，死後更陸續成了外國影展
的心頭好，96 年的 Rotterdam 影展甚至曾辦過神代辰巳的回顧展，令世人對
他的 Roman Porno 作品有更多認識（詳見拙著：《講演日本映畫》，百老匯
電影中心 03 年版）。

自從 AV 於八十年代出現後，Roman Porno 便開始走下坡。事實上，現
在也僅餘少數位於上野的電影院，仍苟延殘喘地播放多片輪放的 Roman
Porno。文化觀察家赤川學曾作分析，指出現今播放 Roman Porno 的電影
院，僅餘下一些手頭鬆動的中、老年人入去打發時間，甚至一到晚上的場

次，電影院內三三兩兩零落不堪的觀眾通常進行睡眠多於看電影，所以 Roman Porno 業界早已到了奄奄一息的地步。

更重要的，是當仔細分析 Roman Porno 的組成結構時，會發現它們的拍攝方程式，已經完全追不上時代急劇轉變的激化要求。首先，在 Roman Porno 中，一片約長七十至九十分鐘，其中的而且確有很多性戲的場面，但每一場普遍傾向短速。一般來說，裸體及性戲場面約有十三至十五回，而性戲場面最短的只有五秒，最長的也不過四分鐘左右。其中會因為情節的鋪排，於是把性戲場面平均分佈在全片的不同地方。性戲以外的場面，看得出演員同樣認真應付，換言之他們是以「演員」來看待自己的身份，當然在性戲的表現上，僅以姿勢模擬的形式進行。

把 Roman Porno 和 AV 的影像加以對比，我們很容易看出兩者區別的分野：前者一旦促使觀眾達致興奮狀態，已經完成任務，對於性戲無需作真實的紀錄；反之 AV 追求的是性戲的實用手冊文本，由前戲到如何達致高潮乃至事後的顏射及口部清理等細節，均要作鉅細無遺的交代。它們的本質分野，同時也決定了觀眾由 Roman Porno 轉投 AV 懷抱的必然定律 —— 在高度標榜身體慾望革命的後資本主義社會中，Roman Porno 很明顯已完成了歷史使命，再殘存下去就顯得螳臂擋車不自量力了。結果在 88 年當日活推出最後一齣 Roman Porno 作品《床伴》（後藤大輔導演），Roman Porno 正式成為歷史名詞而變成過去式了。

手淫的正面解放

AV 得以在八十年代以迅雷不及掩耳的速度，作全面爆發且成為大部分日本人性啟蒙的必備恩物，和七十至八十年代的社會條件默默變化有密切關係。其中之一是手淫得到醫學界及文化界的正視，而且不斷推出新論述來為手淫對身體有害的傳統說法平反。過去，一直流傳「手淫令人精神變態」，又

乙烯基書（Binibon）

指用乙烯基袋包裝，放在店面陳列時，顧客不能看到封面內容的寫真集，一般來說會以自動販賣機發售。對於日本人來說，大部分男性對乙烯基書均有深厚感情，是日本進入 AV 年代之前的重要性啟蒙過渡媒體。80 年代初，一度以極薄的底褲來顯露出女性陰部的風格，成為一時的時尚風潮，而大部分 AV 草創期的製作商，其實本來都是從乙烯基書出版商轉型而來的。

或是「手淫過多令人不能長高，又會令人近視，而且頭腦亦變得蠢鈍」等不同的民間「常識」。當經過現代醫學大幅推動手淫正常化的論調後，已經把先前錯誤的性知識予以糾正。與此同時，一眾文化人如寺山修司、野坂昭如及奈良林祥等人，也不斷在不同的媒體上申辯手淫的好處，如奇才寺山修司便倡言：「手淫乃透過自己的手指作為一種『道具』，來確認作為人類的驗證活動」，把手淫提升至文化身份的層面去思考，一雙手認真任重而道遠。

正由於手淫的正面意思獲社會上各界的普遍肯定，於是如《學校不會教你的性知識》之類的書本，便如雨後春筍般大行其道，其中不少內容乃環繞如何可從自瀆中取得快感而發。因此由寫真集到 AV，都是輔助手淫的最佳工具，手淫的正面解放，也為 AV 更方便進入尋常百姓家打好必要的社會基礎。

私人空間的普及化

另一社會基礎協助 AV 得以普及化，乃在於新一代在家中有私人房間以及個人專用的錄影機，於七、八十年代的轉折之交，數量開始大幅飆升。由於 AV 需要無人騷擾的環境，供觀者一個人去馳騁個人的想像空間，所以私人空間的普及化對 AV 的流行有本質上的影響。

事實上，自七十年代開始，日本的房地產促銷術便時刻強調兩項因素：一是要為每一個孩子確保有私人房間的空間，二是電視機由以往的「一家一台」向「一人一台」的模式轉型。以上的趨勢踏入八十年代後，來得更加明顯，據 88 年的數字反映，十八歲至二十九歲的獨身男性在家中擁有私有專用的電視及錄影機，佔百分之四十五，差不多去到一半的比例，由此也可推想出他們可以方便地擁有鑑賞 AV 的私人空間。

即使家中的條件欠佳以致未能達致上述的 AV 使用要求，但社會中也同時興起了「個室錄影帶」店的熱潮，即在大廈中租下單位經營的 AV 錄影帶租賃店，把空間劃分成一個又一個小房間，供男性進來租 AV 欣賞，同時也準備好

紙巾供手淫後清潔的需要。一般來説費用不過是一千至二千日元左右，相對廉宜的價錢為有需要的男性提供私人空間，至此配合 AV 熱潮而發展的社會條件已經齊備，剩下來就是要看 AV 自身如何憑內容去鎖定市場了。

粉紅映畫、Roman Porno 與 AV 的觀念差異

事實上，即使撤除社會因素來看，由「粉紅映畫」、Roman Porno 到 AV 的轉變，本身都有其觀念上的自然演進邏輯來。自六十年代興起「粉紅映畫」，它一直擁有一重反建制活動的「抗衡文化」（counter culture）氣息，所以電影中除了色情鏡頭的基本元素外，內容往往針對社會的偽善及權威主義加以批判，從而瀰漫強烈的虛無主義色彩（以若松孝二為最著名的代表導演）。

從二元對立的分析出發，「粉紅映畫」及 Roman Porno 強調的是思想性及藝術性的元素，而 AV 重視的為非政治性及商業性的元素；用更赤裸裸的方式交代，後者的終極目的，是為男性觀眾提供射精的刺激媒體，反而前者在「射精目的」之外還有自足的宏大藍圖在後。

正因為此，「粉紅映畫」及 Roman Porno 始終擺脱不了以戲劇作為敘事主體的構思關鍵，所以當八十年代初湧現出 AV 的核心基礎精神「生攝」後，在敘事方式的廣闊鴻溝下便令到 Roman Porno 無法不解體。所謂「生攝」，本來是指用菲林拍攝影象，與利用錄影帶攝影所產生的高解像度影象效果差異，後者因而帶來生動逼真的震撼，被冠名為「生攝」的風格。但隨着時間的推移，「生攝」逐漸也包含了「把性愛場面以紀錄片方式的風格拍下來」的意思。換句話説，相對於以前「粉紅映畫」及 Roman Porno 中有劇本且要演員利用「演技」去表現性戲的風格，「生攝」現在講求的是不再需要劇本，而男女演員也不過在實際的性愛場面中，去表現生動逼真的反應而已。

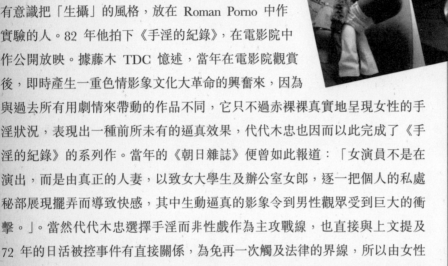

其中把 Roman Porno 一手帶入 AV 世界的傳道者，就是剛才曾提及的代代木忠。他是第一位最有意識把「生攝」的風格，放在 Roman Porno 中作實驗的人。82 年他拍下《手淫的紀錄》，在電影院中作公開放映。據藤木 TDC 憶述，當年在電影院觀賞後，即時產生一重色情影象文化大革命的興奮來，因為與過去所有用劇情來帶動的作品不同，它只不過赤裸裸真實地呈現女性的手淫狀況，表現出一種前所未有的逼真效果，代代木忠也因而以此完成了《手淫的紀錄》的系列作。當年的《朝日雜誌》便曾如此報道：「女演員不是在演出，而是由真正的人妻，以致女大學生及辦公室女郎，逐一把個人的私處秘部展現擺弄而導致快感，其中生動逼真的影象令到男性觀眾受到巨大的衝擊。」。當然代代木忠選擇手淫而非性戲作為主攻戰線，也直接與上文提及 72 年的日活被控事件有直接關係，為免再一次觸及法律的界線，所以由女性手淫的紀錄出發，大抵是既可大收旺場而又可以確保在法律上後顧無憂的聰明策略。從那時開始，代代木忠已開始遊走於「粉紅映畫」、Roman Porno 與 AV 的兩端之中，他以愛染恭子為女主角的 AV 作，也在 82 年開始大舉殺入色情影象市場。

「粉紅映畫」的變色求存

本來隨着 Roman Porno 的壽終正寢，加上 AV 又正式君臨天下，「粉紅映畫」應該也完成了歷史任務，但現實上它又反而繼續尋覓到苟延殘喘之道。其中一個原因大抵是「粉紅映畫」從一開始已由獨立製作公司作基礎，所以和 Roman Porno 純粹依賴大公司日活的經營方式不同。前者接近以打游擊的方式運作，即使一雞死仍有另一雞接手爭鳴，反之如日活的大公司因為營運的常規成本高，所以在不景氣下便加速了偃旗息鼓的演化。

事實上，自 88 年 Roman Porno 光榮結束後，「粉紅映畫」彷彿繼承了它的精神下去，一方面培養出更多新一代的重要日本導演，令到不少人可以由「粉紅映畫」的渠道入行，逐漸再成為獨當一面的主流核心導演。其中以《性虐待•女性暴力》(82) 及《神田川淫亂戰爭》(83，此作已成為一著名的 cult film) 入行的黑澤清，現已憑《X聖治》(00) 及《惹鬼回路》(01) 成為日本新銳的詭異風格旗手。更不用説憑《變態家族》(84) 出道的周防正行，更以《談談情，跳跳舞》成為連荷里活也深切注視的焦點導演。

到了今時今日，日本的「粉紅映畫」更加出現了四大天王的稱號，分別指瀨瀨敬久、佐藤壽保、Sato Toshiki 及佐野和宏，而福間健二更以《Pink Nouvelle》一書剖析四大天王的特色，把他們視為日本色情影象中的新浪潮革命者。其中最著名的瀨瀨敬久，也是一名恆常遊走於「粉紅映畫」和主流電影之間的導演，他的主流電影《碟仙》(97) 及《戀上我主人》(00) 均有港版影碟發售，而《東京性愛死》(01) 更把地下鐵沙林毒氣事件，融入「粉紅映畫」的類型中，委實令我眼前一亮（曾在香港國際電影節放映）。他們在色情影象全面氾濫的年代中，反而又覓到一片不大不小的容身樂土。正如瀨瀨敬久接受訪問時表示：在 AV 開始流行的日子中，「粉紅映畫」的生存族群曾一度風聲鶴唳，前途未卜，生死難料；不過輾轉間又過了十年，似乎由 AV 帶來的動盪期也適應了，反而又進入了另一安定期。是的，今天的「粉紅映畫」，不僅積極求變，而且也融入日本藝術電影的單館制上映系統中，再加上陸續於海外的影展揚名，反而謀得另一條意料之外的生路來。

AV 發展的草創期 (81 - 84)

事實上，在日本的討論中，一般以 81 至 84 年為 AV 的草創期。先前提及的錄影機普及化，為 AV 打入民間創造了物質條件的基礎。代代木忠除了以《手淫的紀錄》令人耳目一新外，他與愛染恭子的組合亦成為第一代 AV

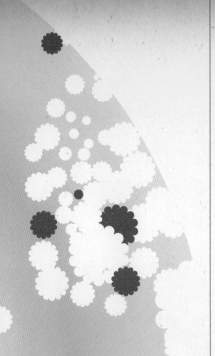

盜攝

顧名思義，盜攝就是在對方不知情下，用攝影機把對方的私密影象偷拍下來，再製成影帶販賣。曾幾何時，尤其是酒店的盜攝及洗手間的盜攝均大行其道，於是出現大量的相關作品。盜攝的流行一方面與器材的先進化有直接關連，不少以往僅供軍事用途的器材均逐步流入市場，於是令到盜攝的技術再不成問題，最典型的就是把盜攝器材置於鞋頭，然後再伸腳入女子洗手間的廁格內來偷錄如廁情況。當然現在不少的所謂盜攝作品，其實都不過是擬似的模擬版，但已反映出日本 AV 觀眾的喜好及觀賞趣味來。

的水準保證，兩人合作的名片如《淫慾鰻魚》，正好影響了一代人的 AV 記憶。而直到 83 年，AV（Adult Video）的名稱才正式確立使用。而 AV 的生產商也急速增至 50 所以上，日本錄影帶倫理協會當年要審查的作品數目超逾一千（到 01 年已急增至六千），而且為了適應市場的需要，協會同年亦宣佈以後會以個人租賃影帶作為商品流通的主要模式。

正如前文提及由 Roman Porno 過渡到 AV 的關鍵因素，乃在於觀眾對於色情影象中性戲的真實紀錄要求，而不再願意接受軟性色情片的模擬表演。在 AV 早期的發展史中，一早已清楚劃分出兩條路線：一是以美少女明星為號召的軟性色情片；二是起用不知名演員卻以「本番」（真正進行性交）作為號召的路線（不過今天回頭再看，是否「本番」也值得存疑保留），兩者本來各有自己的支持者。而租賃 AV 影帶店舖的急升在於 84 年，同年「宇宙企劃」推出《本番小姐　裕美子 19 歲》，正式掀起 AV 美少女的熱潮。各社也迅速跟風，因而令到極多美少女 AV 偶像輩出，其中「宇宙企劃」的地位始終最超然，所以當時她們麾下的女優有「宇宙少女」的美譽。與此同時，「宇宙企劃」也推出了《個人偶像戰爭醜聞紀錄》，揭開了以實況形式報道風月場所冶遊情況的作品風格，其後陸續推出不少相關紀錄不同風月場所的作品（如按摩女郎又或是土耳其浴等等），滿足了觀眾的窺秘心態。另一筆也堪一記的是，當年日本十分流行「無內褲茶座」的色情玩意，其中新宿的一所名店「USA」的王牌服務員伊芙，也因為大受歡迎，結果也投身入 AV 行業拍下《感受伊芙》的處女作。

AV 發展的破浪期（85 - 90）

到了八十年代中、後期，「美少女」及「本番」兩條路線開始界限模糊，不少身型及外貌均出眾的「美少女」式人物，也加入了「本番」行列，於是「美少女本番路線」正式應運而生。其中如齊藤唯、田所裕美子、東清

「V&R」

我在正文中曾三番四次提及「V&R」這一所 AV 製作商，事實上它們作為 AV 業界的異端兒角色一直十分明確。除了文中提及的《女犯》系列外，它們抱持語不驚人死不休的策略，在業界內可謂屢創神話。其中一個佳話是拍下所謂的「社會派 AV」！原來在 95 年的阪神大地震後，「V&R」又想出另一驚人的構思，由山下小費導演出擊，以阪神大地震為主題拍下《18 歲，中退之後？》，成為第一齣正面回應阪神地震的 AV 作。故事講述導演在阪神大地震的災情現場，找到一名穿梭於避難所生活的素人男優（是真是假無從

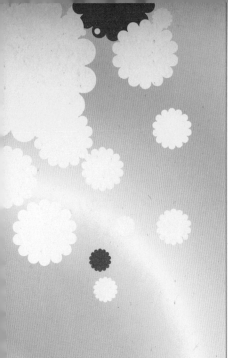

美、樹真理子、小林瞳、早川愛美及永井陽子等等正式成為我們今日所云的「AV 女優」，其後還有櫻樹瀧及白石瞳等繼承路線。與此同時，AV 女優的質和量都並時地大幅向上提升，很多既可愛、身段出眾而又漂亮的女優，不斷出現在 AV 作品中，令到整個 AV 消費市場推至另一高峰期。

與此同時，本來市場上的 AV 製作公司元祖「日本錄影影像公司」破產，更加造就了 AV 戰國年代的來臨，其中 86 年村西透的「Crystal 影像」是來勢洶洶的一分子。另外三枝進（即安達薰導演）於 86 年亦在世田谷成立「V&R」，不斷拍下極具爭議性的作品，被行內人稱為「AV 界的異端兒」。當時的 AV 業界，已出現製作上的兩大方向：一是「單體系列」，即以女優個人的號召力掛帥，類似過去以偶像作招徠重心的作品；二是「企劃系列」，即起用沒有名氣的女優，但卻加入不同的主題設定，從而製造出聳人聽聞的話題來吸引人購買，其中如《超級強姦》等系列，都造成一時的哄動，而且不斷把 AV 影像朝激化的路向進發。這類「企劃系列」作，製作成本既低，同時又盡量排除「演出」的成分，把各人的性幻想於現實世界的場景中，以擬真的方式重構，具有極強大的紀錄性震撼力，所以銷量一直驚人高企，於是也逐漸改變了 AV 業界內的生態。

值得特別一提的代表女優有小林瞳，她本來以松木薰的名字拍下《阿薰的心跳 19歲》出道，其後以《被禁的關係》一躍成為一線紅星，以後陸續出演了 34 作，總收入據報達至 78 億日元。另一代表女優是黑木香，她出道時的身份仍屬橫濱國立女子大學學生，而且又綽號為「腋毛女優」，而自從於《喜歡 SM 傾向》出道後，也一直站穩一線位置，作品的總銷量據報達至二萬卷之多。

AV 之所以可以迅速發展，與剛才提及的村西透有不可分割的關係，他在 88 年再把「Crystal 影像」改組成「Diamond 影像」，而且吸收了不少硬性色情片的表現技巧，加以適當的轉化融入作品中；而且他又精於利用媒體廣作

稽考），然後再紀錄他在災場無無聊聊渡日以及在瓦礫中做愛的場面，可說是捕捉了阪神災場下的另一種風景。其後觸發起其他公司的跟風，於是有宇宙企劃的《風俗 Walker 創刊號》的出現，專門去採訪被地震影響的風俗店，如何不怕艱辛重新振作復業的 AV 紀錄。由此融入一重社會性的元素在 AV 作品中，「社會派AV」之名遂不脛而走。「V&R」的千變萬化創意，由此可見一斑，不過最後它們也被市場下的龍頭 SOD 編收，成為 SOD麾下的 AV 生產商之一，自此之後傳說中的光環也逐漸褪色。

宣傳，從而把女優的名聲盡量提升。不過也由於他多行偏鋒，所以也時常成
為日本警方所針對的人物，88 年便曾因觸犯兒童福祉法例而被捕。但他仍不
改行事風格，甚至自詡為「淫行導演」而沾沾自喜。

　　最後要一提的是 89 年松坂季實子正式登場，她的四十三吋豪乳正式掀起
日本 AV 業界的「豪乳風暴」，她於 19 歲時以女子短大學生身份，投身入
「Diamond 影象」，終於再帶起另一潮流。

AV 發展的泡沫期
—— 飯島愛綜合症期（91 - 95）

　　1991 年，六本木的茉莉安娜夜店開業，電視
上的愛情故事又大行其道，更重要是宮澤理惠的
《Santa Fe》出版，成為男女必備、人手一冊的超
話題作。簡言之，社會輿論對一切均充滿憧憬，
連 AV 業界也進入泡沫期 —— 尤其是因為飯島愛
的出現。

　　飯島愛本來不過在電視的綜藝節目演出，其後成為東京電視台深夜節目
的司儀，也因此吸引了更多 AV 業界以外的人注意。她以性愛偶像出身，而
且又有「T-back 皇后」之稱，竟然成為人所共知的受歡迎藝
能人，於是令到不少人對 AV 女優的印象也開始改觀，而不
少年青女性亦以模仿飯島愛為時尚，甚至完全不抗拒以相
同方法出道成名。後來飯島愛出版《柏拉圖式性愛》，固然
令她更名成利就，因為除了小說極為暢銷外，其後更陸續
出現電影版及日劇版。她也曾憶述自從成為寫作人後，
連其他人看待自己的目光也彷彿有所不同，以前在宣傳
新片時導演只會對她呼喝「飯島」！現在則在記者面前

客氣地以「飯島小姐」相稱。AV 女優的身價自此不可同日而語。

　　不過在飯島愛的成名夢背後，又有村西透的「Diamond 影象」的倒閉衝擊，正式説明了 AV 業界也不能倖免，進入了泡沫爆破年代。更重要是因為「Diamond 影象」破產，令到不少無修正的錄影帶流入地下市場，於是令到 AV 女優人心惶惶，不知道自己的無格影象，會不會在地下市場中作公開發售。

　　「Diamond 影象」的解體也説明了導演的世代交替必須進行。其中「V&R」麾下的松尾 Company 及山下小費都是較受人注目的新晉導演。剛才提及在業界以出位見稱的「V&R」公司，導演山下小費的《女犯》系列，拍出擬真度甚高的強姦場面，令人懷疑是否把真正的強姦過程，紀錄下來變成 AV 作品出售，成為社會媒體一時之間熱切討論的話題。此外，它們的《讓我成為女優》系列也是另一代表作。社長安達薰強調「把你的企劃化成為作品」的方針，令到顧客可以有直接參與 AV 創作的機會，可以説大大改變了業界本來的生態，而且也把 AV 業推至另一個以客為本的觀念轉變期。

　　94 年全國的零售連鎖店「錄影帶平價王」，在各地大規模增長，間接也刺激了 AV業界要思考過往一直依賴的租賃模式。如何盡快渡過ＡＶ的泡沫崩壞期，正是業界中人一起共同思苦苦思索的時代命題。

AV 發展的爛熟期 —— 銷售影帶及企劃影帶的革命期(96-04)

　　96 年日本社會湧現如「腦內革命」、「電子寵物小雞」、「Stalker」及「援助交際」等時事命題，間接也令到 AV 業界的素材得到拓闊。其中最大的衝擊為高橋雅也於 95 年末創立了 SOD（Soft on Demand）公司，專攻銷售影帶的市場，其後推出的《５０人全裸試鏡》，一舉賣出八萬之多，成為一業界神話，而 SOD 也一躍而成為業界的翹楚。

❀ 女子校生

曾經何時，香港的 AV 觀眾對女子校生的類型也曾趨之若鶩，成為制服誘惑中的重要一環，想不到其中也有不少微妙的變化。原來因為九十年代初，因為足立區綾瀨曾出現一宗極為哄動的女子高生，被人用混凝土灌漿殺害的事件，於是「錄影倫」便提出要會員自律的守則，就是要大家一致用「女子校生」而不用「女子高生」的稱號，在任何的宣傳物上。原因是女子高生除了喚起慘劇帶來的不快印象外，也有針對未成年少女的錯覺，反而女子校生則來得中立，因為女大學生都屬女子校生的一種，因此可以給公眾較佳的印象云云。

　　與此同時，一般觀眾亦接受了觀賞ＡＶ的模式轉變——就是由租賃改為購買，成為業界中的一次「文化大革命」。而「Sky Perfect TV」開創了二十四小時播放的有線電視 AV 頻道，把 AV 影象的傳送推廣至另一渠道。而由於日本的觀賞模式也由錄影帶逐漸改為 DVD，所以一般 AV 作品動輒都變成為有二小時左右的長度，價格又一直下滑，可以說業界各製作商之間已進入割喉競爭玉石俱焚的激烈局面。

　　其中不少人仍在接近拍無可拍的情況下，不斷去構思新意念。AV 女導演風吹安和以《素人娘的女同志》、《全國出差的女同志影象》及《女同志的 AV》等，嘗試殺出一條血路。而「V&R」更跡近走火入魔，連殘障者及災難的受害人也不放過，紛紛把他們融入 AV 作品的內容中，激化至堪稱為肯定變態的地步。至於滿佈市場的如「便溺系」、「SM 系」及「綑綁系」等五花八門的各式名目，均在在標示出 AV 事業已去到高度完備的爛熟時期。

「裏影帶」

所謂「裏影帶」是指以男女性交為主的非法錄影帶，和一般的 AV 不同，「裏影帶」中的陰部及性器沒有經過加碼處理。通常它的出現與犯罪組織均有關連，所以大多與黑社會地下網路有牽連。來源上一般有數個可能性：一是侵犯 AV 女優的版權，把無加碼處理的作品放在網路上出售（一般來說，女優的演出費在正常 AV 和無格 AV 之間有極大的差距）；二是因為有 AV 製作商倒閉，它們手上的母帶流入市場，於是出現所謂的「裏流出物」（「Diamond 映像」正好是

一例子），令女優未經加碼前
的影象會在市場內可見；三是
「逆輸入物」，即水貨的一種，
指把僅供海外發行的未加碼影
帶回流進日本市場。當然由於
以上都是非法商品，自然不會
在市面上的商店公開發售。出
售途徑一般透過網路訂購再用
郵遞方法傳送，售價視乎作品
的吸引力而定，由數千至數萬
日元不等。而不少都是用家用
的設備剪接及翻錄製作，所以
畫面的品質不會太好，近年由
於 DVD 大行其道，不僅畫質
有一定提升，而且也因而出現
「裏 DVD」的名詞。

高橋雅也 的
crossover策略

日本AV龍頭
「SOD」
(Soft on Demand) 的
經營哲學

企劃

Scene 1

▌SOD 的大腦中樞神經 —— 以開放式佈局的編緝製作部。

　　要談「SOD」，差不多就等於去談高橋雅也這個人。他生於 1958 年，今年 46 歲，但年薪已去到 1 億 4400 萬日元，與他三十出頭時的年薪約為 200 萬日元有天壤之別。究竟他憑甚麼令日本的 AV 業界大翻身，同時又把個人的社會地位以及財富資產推上旁人想像不來的高峰？

打不死的生意人

　　高橋雅也從專門學校畢業後，最初投身於佐川急便，即速遞公司。在公司內因勤奮工作，迅即成為最優秀的司機。後來加入 IVS 電視製作公司，跟從著名的幕後人伊藤 Danny 工作，期間製作出多個極為受歡迎的節目，如《天才！Beat Takeshi 精力旺盛的電視》（Beat Takeshi 即北野武），又如專門攝

合素人男女的《紅鯨團》等，得到最嚴格及刻苦的訓練。

　　三十歲開始獨立闖天下，從伊藤氏借了一千萬來投資，先後開過兩間公司，分別經營高爾夫球用品及服飾相關的業務，但結果均一敗塗地。加上當時又還不起借款給恩師伊藤，可謂到了人生事業的低點。湊巧當時有一所 AV 製作公司同業面臨倒閉，而公司不過得十名員工左右，於是恩師毅然再幫高橋一把，注資入去再由高橋去經營 —— 那就是今天的「SOD」。當時由於伊藤已是知名的文化人，所以不便拋頭露面出面主事，所以高橋就成了社長。由 95 年 12月開始經濟「SOD」，第一年的營業額已經去到 3 億 7 千萬，而到了 01 年更加飆升至 60 億之鉅，其中經常盈利額有 10 億之多，扣除稅金後約有 5 億的餘款。高橋的豪言壯語為「這個公司沒有了我就不會成立，有一半以上的盈利應該是屬於我的，所以我應該取一億以上的回報！」

由改變經營模式開始

　　事實上，九十年代的 AV 業界絕非風平浪靜之局。88 年由 AV 導演村西透成立的「Diamond 映像」，本來是當年的業界大阿哥，一度被行內人稱為「AV 界的帝王」，集團全年的收入去到 70 億日元，而且產品佔了業界整體的 15% 銷量，可謂是現在「SOD」的前身對照。只不過因為經營的多面化失敗了，加上 AV 業界又逐漸進入不景氣時期，所以到 91 年終以負債 45 億之鉅宣佈破產。或許有危險才有機會，高橋在 95 年成為另一個 AV 業界的唐吉訶德。

　　高橋表示首先一定要為自己的產品，定下明確的營銷路向。在日本而言，AV 分為租賃用及販賣用，要成為租賃用的 AV 製作生產商，一定先要加入一個名為「錄影倫」的組織，而先決條件要有兩間同業推薦才可以。正

因為當時高橋在這方面並無人脈，而且為了達成目的而作不必要的卑躬屈膝，對他來說甚為反感，所以對租賃用的市場一早已死心。不過更重要的，仍是販賣用的 AV 市場仍是一片荒地，有極大的發展空間供人摸索探究。

「過去的 AV 業內人士，都走了一條錯路 —— 他們沒有從消費者的立場去構想（不過也因為業界內一切的水平不高，才令我更有信心可以在此有翻天覆地的作為空間！）。為何一卷賣可以 4000 日元的 AV，一定要賣過萬元；既然可以賣 4000，為何不可以是 3000 甚或更低。過去的人總以為降價會削減了利潤，但隨着減價又會增加了消費者的數目，本來就可以平衡過來。更重要是從中反映出業內人保守的心態，增加自己的利潤不可以成為唯一的目的，AV 是一門直接面對消費者的工業，作為 AV 的製作生產商，必須對消費者的訴求加以重視及回應，一方面消費者數目增加才可以確保我們的生存空間；同時針對消費者不斷轉變的口味，把賺回來的資金再積極投進生產線上，這才是長線經營的生存之道。」

事實上，據我所知只不過因為零售商有異議，才令到 AV 的價錢不會一直下降下去。有 AV 媒體的分析家藤木 TDC 指出，目前一般的 AV 影帶售價約由 1980 至 3980 日元不等，大約為一本露毛寫真集的價錢，至於一般的色情雜誌約為 600 日元，而租賃用的 AV 價錢為 380 日元左右，所以長遠來說販賣用的 AV 大抵去到 1500 日元才會再激起另一更普及化的浪潮。

生意經營一切講究變通，所以當「SOD」作品價錢下降至 3000 日元後，他們早已利用東京及首都外的地域差異，來製造出兩重定價的區別來。簡言之，就是在首都外以正價發售，反之因為在東京內的競爭激烈，所以便會有一千日元的優惠差價，形成不少 AV 迷每逢周末、周日便會聯袂出東京購買新貨的獨特情況。這正好反映出「SOD」的彈性變通能力，在 AV 業界中可說數一數二。

SOD 運動會

我要說的不是另一 Crossover 式的 SOD 作品，而是貨真價實的 SOD 運動會。原來每年的暑假期間，高橋社長都會率領所有社員，連同有連繫的製作商員工，一起去參加 SOD 的運動會。高橋社長一向十分重視這項活動，在個人著作也曾提及對下屬一絲不苟，即使在運動會中也要求所有人全力以赴，絕不可馬虎面對。不過凡事看兩面似乎會中肯一點，女導演小早川嘉織作為 Deeps 的員工之一，也曾參與過一次 SOD 運動會。她提到那數天在輕井澤的集宿經驗，絕非一般人所能接受。她自言一向已是運動白癡，從學校時代開始已經對在人前運動無比害羞，而且可謂全無運動細胞。想不到一入營已馬不停蹄進行網球、競步及扯大纜等一系列比賽，本來已累得要死，豈料在被迫打排球的時候，因為自己連規例都不曉得，於是遭在旁邊萬分認真的球證嚴厲教訓。

原來高橋社長明言運動會有清
楚的學習重點：大家要正視自
己的弱點。至於如何去達成目
標：想不到高橋社長真的有一
手，在每人入營前先派一件特
別製作的 SOD 運動衣，當大
家在推敲不知公司又花了幾百
萬在此事上，原來各人還有一
件由高橋社長御賜的汗衣 ——
不同的是，每一件都有社長的
題字，件件不同。題上甚麼？
有人是「大而無用的人」、有
人是「草包子」、有人是「井
底之蛙」，總之各式各樣，但
就是沒有一句好說話。當然大
家都表示已經習慣了社長這種
管治文化，反正他在公司內一

Crossover 的 tour de force

　　話說 N 年前我買了一枚名為《全裸雪山遠足大會》的影碟，那時候不斷
向人推介及分享，心想終於有人可以把遊戲節目的精神應用在 AV，作品

行，後來想起這樣視覺上不夠吸引，於是不如就在雪地上全裸行。而事前已作了很多準備，例如知道日本冒險家植村直已登上喜馬拉雅山時，為了保持體溫，把保暖藥膏及豬肉醬湯塗在身上禦寒，所以也照辦煮碗為女優作足準備。而為了確保計劃的可行性，原來高橋曾要求工作人員全體僅穿上泳褲，然後逐一去感覺走多少步之後便捱不住，而補充物資又應該在何時出現才會收到戲劇效果。結果拍攝過程中，女優走了四小時後，開始抵受不來，才出現影碟中吵鬧的戲劇場面 —— 你當然可以說那是另一種 SM 的變奏演繹，但我確信影象說明了一切：世上沒有任何事物可以不勞而獲。這固然是憑他過去在 IVS 年代所訓練出來的影象觸覺啟發而來，但更重要的是對自己眼光所抱持的信心。

「我不喜歡把投資放在女優身上，因為即使作品暢銷，其實與自己的才能並無大關聯，只不過憑藉她的身材出眾又或是演技優勝而已。理想中的 AV 作品若有一億元的收入，其中有 99.9% 乃自己的功勞才是美滿的事。」

為了追尋自己的才能極限，高橋不斷提出令人瞠目結舌的 AV 計劃，其中最為人津津樂道的肯定屬 96 年的驚世作品——《離地二十米的空中 fuck》。高橋的構思是在郊外荒野的山頭上，用吊臂架起離地二十米（約七、八層樓的高度）的吊懸玻璃，大小面積不過約為一張雙人床，而參加的不同男優、女優要在一定的時間內完成性交，假若男優未能射精則要遭受懲罰，各人完成後亦會從高處以笨豬跳的方式跳下來。當年惹來媒體上的哄動，大家想不到連 AV 都可以有如此龐大的製作構思（製作出動到直升機攝影，而且單是把有關物資運到山頭上已教人大開眼界）—— 不過結果是銷量極差，成為了「SOD」開業以來的最大失誤製作。

「是的，那是一場大失敗，但我認為錯了也不重要，只要可以修正就成。

AV 製作商

指在影象製作公司之中，專門生產 AV 的公司。一般來說，AV 製作商依據販賣通路及流通方式的不同，會區分為「租賃系的 AV 製作商」及「銷售系的 AV 製作商」。但自從 SOD 大舉進攻 AV 的銷售市場後，兩者的劃分再沒有從前般明顯，反而很多時候都會同時生產兩用的 AV 作品。

事實上，一所公司不可永遠成功，一旦如此上下都會傾向保守，以求延續神話。我的理想公司經營模式，是成功後失敗又再成功然後再次失敗 —— 當然一直失敗下去，公司自會倒閉。在失敗的過程中，一定會披露出製作人與消費者之間的觀點差異來，例如《離地二十米的空中 fuck》的大型計劃原來不是很多人有興趣，反而或許他們要求把女優拍得漂漂亮亮更要緊也說不定。失敗了的計劃中的投資，不妨看成為開發業務路向的費用。」

「企劃作」的激化風氣

在日本 AV 的世界中，一向有區分為「單體作」以及「企劃作」兩大類別，前者是指以有名氣的女優掛帥的作品，也因為女優人氣高企，所以自然令製作成本大為上漲。於是當 AV 業界在九十年初開始踏入不景氣的階段，業界內的公司為求生存，唯有構思出種種不同的噱頭，而把其中一一予以實現成為了所謂的「企劃作」，而演出的又不用為著名的女優，成為減省成本下的另一法門。當時有所謂「三三」法則，即指把「企劃作」分為三大類別：戶籍、職業及社會地位，而又以三種拍攝手法作輪配：投稿、自拍及偷拍，由是而生產出不少極受歡迎的低成本「企劃作」，著名例子有《橫濱女大學生偷情酒店盜撮》及《高級秘書辦公室自拍錄》等。

然而隨着觀眾對「企劃作」的要求日益提高，一般程式化的作品已難以滿足市場的需求，在競相爭逐生存空間的情況下，唯有益發向感官極限作挑戰，於是近年 AV 的「企劃作」中不少已趨向變態邊緣，由浣腸（指把不同的流質注入女優的肛門內，然後再排泄出來）、小便乃至以糞便為主題的作品均層出不窮地湧現，大抵早已超逾了一般人的接受範圍。事實上，即便在本港極為蓬勃的 AV 翻版事業中，也可清楚看到過分激化的 AV 作品，往往也

視聽者參加型 AV 實相

SOD 作品中，時常出現大量所謂視聽者參加型 AV 的作品，當然對一般的 AV 男性觀眾來說，能夠有機會與身材出眾的 AV 女優有性經驗，自然是無比的美夢。只不過其實業界內的工作人員指出，實際情況是除非視聽者真的有過人的天賦之資，否則大部分的同類作品，其實都不過是擬似的企劃作，參加的演員不少都是專被冠上「素人」稱呼的 B 級甚或 C 級的 AV 男優及女優，因為她們的「在庫量」高（雖然好像有點不雅，但卻是百分百的業界用詞），而且酬金又便宜，反而化精神去遴選真正合適的視聽者，成本會來得更高。

SOD 作品《全裸雪山競技大會》

SOD 作品《離地二十米的空中 fuck》

SOD 的綜藝遊戲式 AV 作品

社員同士野球拳

■▌SOD 的辦公室風景其實與一般的公司差別不大。

不是引入的翻版重點,可見在黑市地下商業的考慮上,變態的 AV 「企劃作」也並非有口皆碑之作。只是回到日本的 AV 現實市場中,上述的作品卻與日俱增,各製作公司均競相向接受極限作出挑戰,而高橋旗下的 SOD 同樣也推出不少同類型的作品,究竟他又怎看以上的風氣呢?

「我認為中國人的性格太沉悶了,其實性慾就等於食慾。我公司內也有一名中國人,他每次吃飯也只會吃中華料理,十年如一日;反之日本人則愛好嚐新,你看看無論任何國家的料理來到日本,都有生存空間就可以明白箇中玄機。從中正好反映出日本人的探究心很強,對吃如是,對性也如是。你看看美國的色情電影多沉悶就知道性和吃的關係,他們每天都吃漢堡包又怎能翻出甚麼新意來?對於性的好奇,是好是壞我不曉得也不會下判斷。但作為 AV 的製作商,我會如一盡責的廚師去提供不同的料理供客人去挑選及品嚐。」

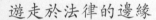
■SOD 的辦公室往往也會成為 AV 作品的取景場地。

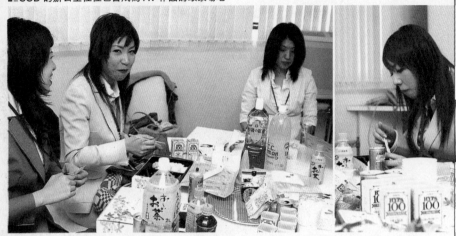

遊走於法律的邊緣

當然作為廚師自有舞弄不同料理的需要，但問題是在日趨激化的 AV 世界，為求達成「企劃」的果效，因而出現徘徊在法律邊緣的例子也真不少。其中最著名的首推 V&R 製作公司的《女犯》系列作，於九二年被《讀賣新聞》加以報道，且質疑其中出演的女優有可能被強迫接受強暴場面的可能性。最後雖然因證據不足而令事件不了了之，但也直接為 AV 業界響起警號：就是它不再是過去黑社會隻手操控的年代，作為一門盈利過億日元的大企業，大家都要奉公守法，合力把「工作環境」加以淨化。

事實上，SOD 本身在創辦後的兩、三年間，也曾因觸犯法例而被警方起訴。首先，是因為誤信了一所模特兒公司的推薦，起用了一名訛稱已有十九歲的未成年女孩拍 AV；另外在拍《全裸花樣滑冰》時，因為想在戶外取景以求最佳效果，然後被人舉報，於是犯了「公然猥褻」的罪名，結果要勞動到警方派員到公司逮捕高橋。

■■ 一層內各有山頭，
規模格式化的代價或許
就是活力的喪失。

現實上，高橋表示曾有人致電勒索，説出拍 AV 的女孩只有十六歲，要保密就要付上巨款，結果高橋決定作自我引爆，向警方自首接受懲罰。而就「公然猥褻」的指控也竭力清楚交代「並非故意要讓人看，只不過結果終被人看到而已」。他認為在接受了教訓的同時，其實也是一次良好的契機 —— 一方面有不少員工因而辭職，但又可以令有才能的人更安心的留下來工作。自此之後，高橋更加緊張一切法律的規範條文，他先把本來被認為違犯了法律的作品全部毀滅，而且以後無論是起用的女優，乃至在互聯網上訂購產品的顧客，均一律嚴格確認身份證上的資料，可以説把 AV 工業進一步健全化。當然社會上仍有一些論調，認為模仿實錄式的 AV 作品，有機會去誘發他人的犯罪意識。

「事實上，很難説 AV 對觀眾有何潛在影響。我相信會去作性犯罪的人，看不看 AV 都會去做。反而日常生活中有不少如你你我的普通人，他們腦中或許會浮現一些性侵犯的幻想，當有 AV 作品給他看，某程度便滿足了他的幻想，然後又可以回到日常的生活軌跡上去幹活。情況就如有人去風月場所滿足了個人的性慾，然後又可以回到日常生活相若。」

由 AV 大佬變酷透農民

事實上，高橋一向自視甚高，在訪問過程中也毫不諱言自己是 AV 業界中最重要的偉大人物，還戲言地位就好像日本動畫界中的宮崎駿。但他原來早於 03 年已在公司內提出共同口號為「下剋上」—— 即要下屬超越上級的表現。為了落實口號及製造壓迫力，高橋已高調公開宣佈會在 05 年底退休，把「SOD」社長職位交給其他人。

「我引退首先對公司一定有利，因為我一天在公司出現，所有人就會變得安心，遇上甚麼問題，都會來向我請示，而且以我的決定為依歸，這絕非健康的狀況。一旦我離開，所有人都會感到不安，擔心「SOD」的業績可否延

續下去，但如此正好迫他們發揮更大的潛力，把公司再向上推進一步。」

不過大家無論如何也想不到，高橋下一站的目的地竟然會是去當一個農民。

「我一向是一體力型的人，從很久開始已覺得農民的生活很酷，因為可以擁有創造出一些東西來的實感。而事實上，農業和 AV 業也有某程度的相同地方，它也是一個十分因循，缺乏創新意念及動力的業界，所以大家來來去去都是製造出大同小異的菜蔬及蘿蔔。我希望可以如為 AV 業界般，替農業注入新的動力，令未來的年青人覺得做一個農民酷透了，那不是很有挑戰性的工作嗎？」

你或許不一定認同他的想法，但高橋生命力的頑強一定可以感染到身邊的其他人。我由衷為他的引退而可惜及擔心 —— 可惜是不知多少年之後，才會有人製造出為我帶來新驚喜的另類 AV 作；擔心是憑我在「SOD」採訪的直覺觀察，似乎在其中感受不到一股可以替代高橋社長的銳氣所在。至於高橋作為新型農民又會是怎樣，則又是另一個未來的故事了。

■SOD 的總部大樓位於新宿旁的新中野。

日比野正明

的

20年

奮鬥血淚史

導演

Scene 2

■日比野正明全
程「自動波」，完
全流露出電影人
的真性情。

「猛潑」（Bukkake）

所謂「猛潑」，是 AV 業界的專
門用語，指透過自慰又或是性
交，而把精液射在女優的臉上
又或是身體的其他部位，有時
候甚至會射在衣服上也可以。
通常在 AV 的「猛潑」場面
中，一定要動員大量的男優集
體射精才會有戲劇效果，所以
「汁男」的求才若渴，和「猛
潑」成為 AV 的熱門類型之一
有直接的密切關係。據說「猛
潑」之名，是由 AV 製作人松
本和彥在 98 年首次使用，其
後才逐漸成為定說。當然某程

要找一本 AV 的活字典，日比野正明大概是不二的人選。由 84 年開始入行，期間先後在兩大 AV 天皇身邊工作，先有「Diamond 映像」的村西透，後有「SOD」的高橋雅也，可以說是歷盡了 AV 不同世代的黃金歲月。當然他自己也是一個譜寫歷史的重要「作者」，今時今日導演日比野正明仍以年產量達至五十齣的驚人速度在業界奔馳，而且亦擁有了自己的製作公司「日比野」，同樣也成為其中一位舉足輕重的重量級人物。

長途賽事的鍛練

度來說，它和香港人熟悉的「顏射」有重疊之處。事實上，「顏射」之名在九十年代曾大為流行，後來因為 AV 趨向激化發展，所以僅有「顏射」元素已不足以應付市場需求，所以「猛潑」才應運而成，而且已成為一固定的類型片種，通常與集體強暴的場面會拉上關係。它的流行大抵以把女性「污辱」的征服衝動有直接關係，其中所包含的不僅為精神上的層次，更顯化成一視覺上的追求，於是「猛潑」由是大行其道。

八十年代的 AV 世界和現在的頗為不同，日比野認為首要差別是技術上的要求有極大差異。「現在拍攝機器日趨平民化，任何人拿着高質素的手提攝錄機差不多都可以成為一名 AV 導演，但以前仍屬於手提攝錄機革命前的年代，每一次拍攝均要勞師動眾，又要錄音師，又要燈光師等，簡言之就是和拍電影無大差異。所以先決條件上的區別就是技術上的要求，如果沒有這方面的技能，根本就談不上進入 AV 的世界。」

日比野導演本身的經歷，正好說明一切：本來他對 AV 業的興趣不算很大，但湊巧年青時認識業界的人士，於是就順理成章開始了在行內的工作，他也坦言如果不是命運使然，大抵也頗有可能成為一位電影少年。86 年正式跟從當時的 AV 天王村西透工作，成為「Crystal 映像」的一員；到了 88 年，村西透在東京都內的高級住宅區目黑，建立了一棟三層高的白色製作室，由「Crystal 映像」獨立出來成立 AV 史上的傳說公司 ——「Diamond 映像」，日比野也隨之移籍正式成為村西透軍團的重要成員之一。

當年由於 AV 生產數量遠遠不及目前，所以要成為 AV 導演一點也不容易，日比野也需要等待了六年的時間，才有當導演的機會降臨身上。不過他一點也不介意，反而認為這是最佳的鍛練，而且愈晚出道更可以成就出長期

鑽營下去的驚人耐力。

「現在因為入行的條件普及化，所以新人很容易拍出自己的處女作。但和女優的快來快走的情況相若，即使導演也有大同小異的變化，原因並非他們不想拍下去，而是一年連續拍下好幾齣作品，很快便出現油盡燈枯的狀況，我認為這正好是現今新一代出道 AV 導演的通病。」

事實上，在日比野心目中，要成為出色的 AV 導演，別有另一些必須的條件。

「很多人以為要做出色的 AV 導演，一定要指出石破天驚的震撼作。但我認為那仍不足，若然成功經驗不過一次過即來即去，未能累積的話，那麼對於一個導演建立個人事業的幫助其實不大。其實最重要的是耐力，你想想我一年要拍出五十齣作品來，沒有耐力又怎能成事。所以要成功，首要條件是找到成為暢銷系列作的點子，因為只要一建立出系列的模式來，才可以在同一系列下產成變奏，從而成為商業上的保證。」

所以曾經提及高橋雅也一手策劃「全裸」系列，乃至日比野自身最擅長的「凌辱」系列，都是他作為暢銷導演的身份證明。我曾觀賞日比野的《Babe - Rape 作品集》，其中正好把他不同的「凌辱」場面構思匯聚一起，由「鋼琴教師犯辱強姦」、「女教師 —排球部顧問姦液集訓」、「恥辱的宣傳女郎」、「美人女子大學生凌辱強姦」、「美人社長秘書凌辱強姦」到「憧憬的巴士導遊凌辱輪姦團」等等，可見他確實深懂變奏的運用技巧。或許會有人以為看上來好像很輕而易舉，但當你知道日比野在村西透麾下六年的工作情況，大抵便會有另一番體會。在日比野師事村西透六年間，「Diamond 映像」由盛極轉衰，由曾經佔領業界內三成的總生產量，導演費外發的去到二十萬日元（由村西透執導的去到一百萬），加上頂級女優費用可去到五百萬的情況下，終於要面臨泡沫爆破的後遺症而倒閉。

《職業 AV 導演》
漫畫

日本一向是漫畫王國，而它們除了製作色情漫畫外，也同時會把 AV 業界內的現實情況，化成為漫畫素材供有興趣的讀者欣賞。其中 Young Champion Comics 就曾推出以「V&R」重要導演之一松尾 Company 的個人經歷，繪畫成漫畫以滿足讀者的求知慾。名為《職業 AV 導演》共有一套四冊，由井浦秀夫負責繪畫，也可以說是為對 AV 有興趣的人，提供了認識業界的另一輕巧途徑。

92 年，日比野離開時曾把自己的工作時間作了一次總結：

剪接完成的作品：約 1500 齣

導演作品：150 齣

被村西透毆打的次數：無數

平均睡眠時間：3 小時

假期：從來沒有

感情生活的常態與變態

　　即使於今日而言，一般人面對 AV，仍然有很多不同程度的想像，有時是負面的，有時是正面的，而身在其中的人，更加看出其中的荒謬性——正如日比野導演所言，你以為這個行業充滿變化衝勁，但骨子裏又與其他業界差異不大，同樣有不少規則約條，作為一名 AV 導演生活上又與常人大同小異，同樣看電視、吃飯、唱卡拉 OK 等等。只不過認真談下去，我又感到其中總有或顯或藏的區別來。

　　「有一次我闊別了故鄉岐阜縣土岐市有十五年之久，當回家後再與其他少年友好會面，大家知道我當 AV 導演都流露出羨慕的眼光，彷彿恨不得立即向我報名成為下一齣作品的男主角。」

　　當然，普通人都以為 AV 導演一定與女優有一手，而且也正是這份工作最有樂趣的一部分。不過日比野卻笑言一切不過是美好的想像，事實上在現今業界的合約精神下，即使襄王有夢也不易成事，現實上很多時候大家都以專業態度先行，攝影完畢後則各散東西。不過，旁人對日比野的仰慕也有一定的事實根據，因為他曾經與業界數一數二的著名女優卑彌呼交往，成為一時佳話。對於與卑彌呼的一段感情，日比野以「悲戀物語」來形容，而且表明一切並沒有想像中的波濤起伏。

　　「其實情況就如一般公司的『社內戀愛』，兩人在工作場地早晚碰面，因

而發生出感情罷了。而且我倆亦沒有美好的結局,當她於 94 年 3 月引退時,打了一個電話給我,約我於明天見面,想不到來到我家時,劈頭便告訴我要結婚了,而且忽然從身後閃出一個男人,說要介紹給我認識,那當然就是她的未來丈夫。我只知道他是一位在金融機構上班的受薪族,由那刻開始我便失戀低沉了好一段日子。」

本來失戀經驗,差不多人人都有,而且坦白說也大同小異的居多,但諷刺的是作為 AV 導演,似乎總是難以回到日常人的生活正軌,以平常心去談一場正常的戀愛。

「現在碰到的女子,往往各走兩個極端:一是如以往的普通人,一聽到是 AV 導演,心裏便浮現出變態佬的形象來,對你也立即起了戒心;另一種是過分熱情,立即變臉相迎,彷彿在你身上看到閃爍的寶藏。好像要找回正常一點的人談戀愛都很困難,社會可能對 AV 業界已沒有以前的抗拒感,但有時又好像去了另一端,形成一種過分的想像,就如剛才提及的後者。事實上,即使以工作為例,我剛入行的時間要找女子拍 AV 可說困難無比,選擇少而且質素也不高,反而到現在每天可說都有大量的人透過不同渠道來自薦入行,我要做的相反變成為不斷把她們拒絕——而當中仍有不少姿色不俗的(真可惜!),可見社會觀念真的大幅改變了。」

日比野一直以爽朗的笑聲和我嘻哈而談,但提及上述時代與感情錯位所帶來的差異時,大抵也頗得劉鎮偉的神髓 —— 讓人笑得昏天黑地,捶胸頓足,眼淚亂飛,然後回過神來:原來業界沒有因你而改變,你由始至終都只擔當一枚棋子的角色,連自己的感情事都不由自主。

顏射

曾幾何時,顏射差不多成為了 AV 的借代,因為差不多所有 AV 中的性交場面,十居其九均以顏射處理結束。所謂顏射是指男性把精液射在女方的臉上,它本來屬於施虐狂的一種交歡形態,透過這一種象徵令女方感到恥辱的行為,來強化男性的征服及支配感,一般來說女性大多不喜歡。

■ 面對我這個陌生的異地來客也毫無保留，看來日比野「汁男之父」的稱號絕非浪得虛名。

AV 汁男之父

　　「汁男」日語發音 Shirudan，所有聽聞這個名詞的人都拍案叫絕，「汁」乃指精液，而「汁男」正好指在 AV 業界中的奇特角色之一。簡單來說，他們是 AV 中的茄喱啡男演員，在現場上的功能，就只是負責向女優發射精液。他們的出現和 AV 不同風格及類型的作品大量湧現有直接關係，尤其是在一些眾人向女優施暴的作品中，群起對女優作顏射，往往是高潮的安排結局，所以拍攝時也需要大量的射精軍團參與演出 —— 他們就是 AV 中的無名英雄：「汁男」。

　　與其他有名氣的 AV 男優，如加藤鷹及向井朱古力波等不同，他們的工酬是以日薪計算，拍一齣 AV 花上多少個工作天，就有多少天的收入。但

日比野作品《Babe - Rape 作品集》

「汁男」是以射精次數作為計算標準,射得愈多,收入愈多,每天收工後立即由副導演計算結帳,完全是以對待散工的形式運作。最早期「汁男」每一發不過得三千日元,後來因為需求日增(太多眾人凌辱女優的企劃作湧現),於是一度上升至七千日元,目前行情大致回落至五千日元一發的水平。

在芸芸 AV 導演中,日比野在作品中最愛起用大量的「汁男」,而他麾下的「汁男」大軍,由都廳職員、JR 的東日本職員、陸上自衛隊員、都立高校教師、著名電腦公司職員乃至大學教授及媒體分析員等均一應俱全,可說是陣容鼎盛的無名大軍,而軍團在他的作品中往往起了重要的作品。當然以上的均屬本身有正職,而間中來客串的普通人,一旦以「汁男」作全職的話,大抵一個月可以有十五至二十萬的收入(當然視乎個人的精力旺盛程度),總算也可以維持個人的生活。

「他們很多時間不僅屬於 AV 作品中不可缺少的元素之一,有時候更是專業的顧問軍團,其中不少人都是性風俗方面的專家,例如曾提及的媒體分析員,本身就已擁有二十多年的『電車癡漢』經驗,所以在拍相關作品時,也曾請他作專業的癡漢指導員。」

事實上,「汁男」軍團與日比野的親密關係,往往協助後者拍成「驚世」之作。當日比野成立「日比野製作公司」,獨立後自然急於拍攝一些暢銷作來穩定公司的收入,其中一必殺伎就是「癡漢」系列,而日比野處理上的獨特處,就是可以製造出強烈的逼真感 —— 從何而來?正是拜「汁男」軍團所賜。日比野曾經表示對癡漢狂迷來說,最重要是可以營造到現場的逼真感,才可以令他們有完全投入的認同快感。所以為了帶來逼真的實感,日比野在拍「電車癡漢」的作品時,乃真的在現實的電車上偷拍,而一切得以成事,全靠早已建立良好關係的「汁男」軍團。透過他們的內聯網絡,終於可以大家合力在一個現實環境中,來一次擬真度極高的「電車癡漢」演繹—— 女優在電車上遭大批由「汁男」飾演的癡漢圍攻,而其中又有人負責把風,亦有

鑲嵌攝影

一度風靡一時的 AV 專用拍攝手法,指男優同時扮演攝影師的角色,一手持攝錄機,一手繼續與對方做愛,百分百以主觀鏡頭出發,去捕捉對手最激烈的反應,而自己基本上以不出鏡為原則。早於 80 年代,已有部分導演嘗試這一種手法,但因為器材太重,所以效果欠佳。直至 89 年因為荷里

日比野作品《女柔道家大戰強姦色魔》

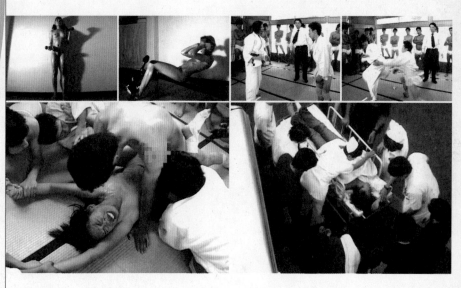

活作品《性感的謊言》大行其道，其中的鑲嵌攝影令觀眾耳目一新，於是 AV 界便醞釀一股攝影方法更新的風潮。「鑲嵌攝影」一名，是 AV 作家白熊亨利在《Video the World》於 89 年 7 月號中所起的名字，在九十年代初更成為主流的攝影手法，其中最著名的「鑲嵌攝影」導演就是松尾 Company。其中最革命性的一點是在「鑲嵌攝影」中，導演、攝影師及男優的三重身份同時結合，所以也可以說導演可以全權執行個人的性慾想像力，不用透過第三者來演繹，由是出來逼真程度及戲劇感染力也得以大大提高。

■■ 由電影界出身的日
比野，正好可以一手
一腳在後期製作室
中，把一切由無到有
點石成金變化出來。

AV 世代的中年化

在日本的 AV 業界中，最近有一論調，認為 AV 創作的高峰期已過了，整體面貌上已出現疲態。其中一個主要原因，是一些曾經充滿創作天分的中堅導演，都開始步入中年，所以也不復當年之勇。其中尤以九十年代初開始冒頭的一伙新銳導演，當年大家都剛二十出頭，創作力及對性的關切也正當高峰，自然可以屢創佳績，可是轉瞬間大家都變了男人四十，如松尾 Company 今年剛好四十，自從 03 年自立為製作商後，反而生產量減少，明顯出現後勁不繼的局面。又如山下小費，一度是極具爭議性的 AV 導演，但自從結婚後且育有兩名小孩，便積極投入子女的撫育工作，而於 AV 的拍攝量上也大減，很明顯 AV 業界如果要再起風雲，亦必須要有新一浪的導演來接棒。

人負責上下其手，成為一場別開生面的現場犯案實錄。正因為日比野一向極受「汁男」軍團的尊重，而且又有一批全力支持的忠心之士，所以在業界內他擁有一個教人十分羨慕的稱號 ——「汁男之父」。

「其實外號的由來，我想與自己和他們交往的方法有直接關係。他們儘管背景大異其趣，有人擁有很高的社會地位，有人可能是邊緣的低下階層，但我相信在 AV 的世界，大家都人人平等。所以不同身份的人，來到我的工作現場都會有放鬆的感覺，一方面不會再有身份差異的壓力存在，其次又可以與一群志同道合的友好分享心事。簡單說來，如果你平時與身邊人說出自己的奇特性趣，旁人可能不會接受甚至視為變態，但在『汁男』族群的世界中，大家只會互相支持：你原來有這種的想法，我也曾想過，不過可能如此這般會更有趣等的對話，可說時有所聞。所以在此他們的奇異構思，不僅不會受到排斥，而且還會得到肯定讚賞，我認為在這方面自己也可說是一心理醫生，為不少人紓緩了他們的日常生活壓力，說不定犯罪率也因而下降。」

事實上，日比野雖然其貌不揚，但委實予人一重親近的好感，與他傾談一直無拘無束，從而也可推想出與他一起工作的「汁男」的回家式溫暖印象。

「我相信大家並無高低，所以很多時候和他們拍完後不會就此各行各路。我通常也會和大家一起吃飯，談談笑笑，又是快活的一天。更重要的，是我認為沒有人知道誰是明天的大英雄 —— 今天他是「汁男」，說不定明天就是加藤鷹。只會不抱着輕視人的心態相處，自然可以交上真心的朋友。」

日比野也的而且確在「汁男」軍團中，尋找出自己的助手來。曾經有一名天賦異稟的「汁男」，他因為與妻子離婚，兒子又被她帶走，又碰上失業，人生可謂跌至谷底。於

是他把心一橫，去應徵當「汁男」。想不到那一刻才發揮出個人潛能，常人在
AV 拍攝現場，往往最多一天三發，但他卻可以去到八發，每次大約相隔半
小時又可以再次啟動發射，精力可說驚人 —— 他就是豐田 Bukkake，今時今
日他已成為「日比野製作公司」的副導演之一。世事無絕對，人生總有意想
不到的變化出現。

由導演成為經營者

　　自從成立「日比野製作公司」後，日比野的角色也有所轉變，由過去的
導演角色，化身而成為老闆。他坦言一直非常享受當 AV 導演，甚至慶幸自
己沒有入錯行去了電影界。

　　「很多人都以為我們這一代 AV 導演，一定很嚮往去拍正常的劇情片，其
實不過是一種誤解。先不要說在日本當電影導演的收入，根本不足以餬口，
更重要是 AV 導演拍攝時的自主度，不知較電影導演高出多少倍。正因為製
作成本低，參與人數少，很多時候實驗的成分可以更高。雖然我是一個以娛
樂為重，不愛表達任何訊息的 AV 導演，但同樣很熱愛工作環境中的龐大自由
度。」

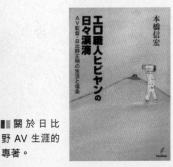

■關於日比野 AV 生涯的專著。

　　只不過今時不同往日，日比野今天的首要任務是要維持公司的營運水平，且設法把業績加以推高。目前公司的年收約為二千萬日元，過去自己作為專業 AV 導演約為七至八百萬日元，但前者在扣除一切營運成本後，自己的實際收入不一定較以前的豐厚。更重要的，是他曾眼見 AV 天王村西透由盛而衰的最佳例子 —— 一個優秀的 AV 導演，不一定可以成為一個出色的經營者。

　　「是的，我承認拍 AV 和營運公司是兩種完全不同的挑戰，正因為我今天

的身份有異，所以拍 AV 時的自由度反而減低 —— 別人以為我是老闆，豈不是更加可以隨心所欲，要拍甚麼就去拍甚麼；但現實上是我要考慮更多問題，因為責任所屬，不得不面對，既要為一切的法律條文作小心處理，同時又要確保作品的反應好，否則沒有薪水發給員工便苦不堪言。」

或許在這重身份上，他更明白「SOD」社長高橋雅也的心情。事實上，自從離開了村西透的「Diamond 映像」，他迅即被高橋雅也看上了，後者不同的心血構思，包括曾經提及的 AV 超級大製作《離地二十米的空中 fuck》，其實也是由日比野負責執導的。所以他對高橋社長的宣佈引退，也特別有一重深刻的體會。

「對於他的引退宣言，我的即時反應是真令人羨慕！高橋社長在過去的一段日子，如果用跑步來作為譬喻，他可說是一直以全速去跑，差不多到了回不到氣的地步來。我認為他退下來休息一下，當然是明智的決定，同時在高峰時期退下，也自然而然予人留下最美好的印象。」

高橋社長退下，然而日比野正明導演卻繼續開展入行二十年後的事業新一章，以年產量五十齣為我們譜寫 AV 的情色夢想。面對日比野，我想最好玩的遊戲，就是各自回家看看家中的 AV 珍藏，究竟有多少出自他的鏡頭 —— 總有一卷日比野在左右，大抵也錯不了多少。

AV 業界中的
女導演

菅原千惠、
小早川嘉織
及
風吹安和

女導演
Scene 3

據行內人的憶述，AV 業界中出現女導演，大約始於 85 年，第一位應該是造成聲動話題的高杉怜，但後來立即便消失了。其後的接棒人物有化妝出身的長崎南及本來是 SM 女優的風吹安和，此外還有夏樹 Sandy、卯月妙子、三上留加、葵茉莉及愛染恭子等。其中又以三上留加的出現，造成較大的哄動效應。

把個人的性偏好化成為 AV 的內容，似乎也是早期 AV 女導演招徠注目的必殺伎。三上留加在這方面更加向偏鋒探索，她公言鍾情於 SM 以及其他奇異的性行為，「令人失神無措地震驚，會為我帶來無比的快感」。所以在她第一齣自編自導的作品《迷路蛇傳》中，她在電車內、電車路及公路的交匯點以及行人路上隨便公然排尿，早已令人「一新耳目」。她揚言中一曾用電動按摩器於一晚中自慰 19 次，而又曾在一小時內與三人同時大戰連場。據 AV 公司的人透露，曾見過她有一次並沒有穿上內褲，而就由得月經來潮鮮血從雙腿直流下來的狀態下，繼續若無其事地在路上漫步。她匪夷所思的行徑，大抵已令人對「AV 女導演」不敢小覷。所以後來者往往也要別樹一幟建立自己的個人風格，如上文提及的葵茉莉正好是長於糞便學的專家，看來要把 AV 女導演的名銜掛在肩上，委實一點也不容易。

風吹安和之母儀天下

如果要數 AV 女導演中的大姐大，風吹安和的地位一定不可替代。她生於 1968 年，屬於嬰兒潮世代（baby boomer），也是日本所謂的「考試世代」的一分子。她經由 OL、家庭主婦、夜總會女郎、硬照模特兒至 AV 女優，現在再進一步成為 AV 導演以及 AV 製作公司的社長，本身的經歷不可謂不傳奇。事實上，她強調今年 37 歲或許於身體上開始有不再年輕的感覺，但心理狀態則較不少年青人更有幹勁，而她更直言自己所屬的世代之共通點，就

吹簫（Fellatio）

吹簫是口交的一種，把男性生殖器放在口中吸吮，以令對方射精為目標。日本的風俗業界中，尤其是二十歲以下的從業員，通常以 Fella 或「F」作為吹簫的暱稱，英語中會以 Blowjob 又或是 Sucking 表達。本來吹簫場面已經不符合當代 AV 的激化要求，但隨着女導演的冒起，部分如菅原智惠反其道而行，以綜藝節目形式拍下女性集體享受吹簫之樂的遊戲，於是男女之間的關係登時易轉──主動權在女方手上，以不同的吹簫技巧來決定男方的射精速度，反而顯露出

一種微妙的女性主義精神來。在著名的巴黎性女凱薩琳的自傳（《The Sexual Life of Catherine M.》）中，她提到對口交的鑽研看法，由最初以為是一變異的性行為，到發現其中的非凡樂趣。她甚至細心的把性交和口交的快感加以對比：由陰道帶動的快感乃擴散式的，而且向外而發，反之口交則很集中，而且由舌頭到喉嚨整體均成為性器具的感覺教人十分興奮。她更喜歡把對手的陽具連同陰囊，一口氣全塞進口裏，由口腔直插入食道，直到自己幾乎窒息為止。當然她形容最過癮的高潮，乃在於一反男女主導角色的位置，因為在口交的過程中，控制權通常操控在她身上，於是她憑一雙玉手以及舌頭的靈活變化，可以把對手的反應完全掌握，到最後男方一聲喘息，連帶的精液噴泉，便成為凱薩琳的戰利品了。

■ 菅原智惠已成為 SOD Create 的總舵主。

是有打不死的韌性，就如高橋雅也社長又或是另一著名 AV 公司 V&R 的社長安達薰等，全都是經歷人生不同程度的重大打擊，然後屹立不倒翻身才取得成功，充分反映出成功非僥倖的道理。

風吹安和來自破碎家庭，很早就曾近距離在母親旁目睹她偷情，而十歲已經歷被近親奪去童貞，也因而對男性產生強烈的厭惡感。幸好在中學時期，她遇上一名十分體貼及純情的男友，所以有機會經驗到普通以及變態兩端的性關係。畢業後當上一名 OL，而且不久就與同事結婚，二十歲就產下兒子成為專業的家庭主婦。只不過她坦承自己的性慾太強，丈夫根本滿足不到自己的需要，所以終於離婚告終，而她也踏上了當夜總會女郎的路途。

雖然家庭關係充滿問題（母親曾離婚三次），但風吹安和一直是十分顧家的人。24 歲的時候，因為母親患上頑疾，她毅然肩負起供房子及養育母親及兩個妹妹的責任。她發現即使自己雖然是夜總會的王牌阿姐，但每月收入仍不過得一百萬日元左右，結果她決定接受挑戰，加入 AV 女優的行列。風吹

菅原智惠在 AV 女導演族群中算是一名後起之秀。

安和的處女作《雙宮之牝》，是宇宙企劃的代表作之一。所謂「雙宮」是指風吹安和身體上的特別構造──她是「雙洞人」，即有兩條陰道及子宮，醫學上名為「雙頸重複子宮」，本來已屬少之又少的例子；而雙陰道的機能又完備且可以同時進行性交的人，更加在幾百萬人均無一人，而風吹安和就是其中一名「幸運兒」。她也自言可能正因為此，而較常人有更強烈的性慾云云。

至於她產生當 AV 導演念頭的契機，完全是因為一次拍 SM 作品時觸發而起。「這一行其實仍有不少不夠專業的人存在，SM 本來就是極為專業的性愛活動，一不小心就會發生意外。有一次在 SM 的拍攝現場，那位 AV 女導演以及身邊的工作人員竟然全對 SM 一無所知，準備用來消除麻繩綑綁後內出血痕跡的軟膏欠奉、用來消腫的凍水又或是毛巾也沒有，最不能忍受的是用來拍滴蠟的道具，竟然不是低溫蠟燭而是普通的貨色，我勉強應付完後，立即向監製建議以後想出任 AV 導演。」

作為 AV 女導演，她是日本 AV 中第一位使用假陽具（把勃起的陽具讓女性套在腰上）的創作人。她指出關鍵在於過去女同性戀的 AV 作一直銷路欠佳，原因是缺少了男性主導且投入其中的插入場面。而為了讓觀眾可以有投入的快感，所以在受歡迎的系列作《百合一族的陰謀》中，她起用真正的女同性戀者飛室璃杏及如月娜娜，並把兩人調教成假陽具的出色玩家，登時大大提升了作品的銷情。而且作為女優及導演的雙重身份，風吹安和更身先士卒作出大膽嘗試，自己套上假陽具後，利用手搖攝影機拍下與另一女優交歡的作品，敬業精神可謂百分百值得旁人敬重。

經歷了七年的 AV 導演時期，風吹安和終於在 00 年成立了 Ingram 有限公司，以 Gun's 的品牌開始個人的社長生涯。有趣的是，她在性愛生涯的多姿多采經歷，卻完全不會帶回家中。曾經有一次一眾家人於正月來公司探班，她立即把所有與 AV 有關的痕跡收起，把辦公室搖身一變成為一所普通的貿易公司。不過在芸芸眾人之中，她最在意的仍是兒子的看法，簡言之就

菅原千惠作品《Deep Kiss》

菅原千惠作品《陽具研究》

是不想因自己的選擇,而令到兒子的成長備受不必要的壓力。而事實上,當兒子成為中學生後,她決定由得他自己去發現真相。

「我為他安置好電腦,也由得他隨意上網,他要查任何關於我的資料均隨手可得。事實上,在他知悉一切的時候,自己也心如鹿撞,不知如何是好。不過我坦白回應這就是自己養活家人的工作,他怎樣接收是另一問題,我只能以誠實的方法面對。不過作為一個母兼父職要肩負養家重擔,而又同時身為人母要對孩子作出教導的女性 —— 以性來作為自身的工作,的而且確在處理上有一定的難度。」

我慶幸有風吹安和的先行者,可以大踏步走出 AV 女導演的第一步,至少她說明了一個事實:男女平權無論在任何界別及層面都應該切實追尋。

菅原千惠的女性觸覺

不過事情總有例外的情況,我指的是 Soft On Demand 旗下的菅原智惠。

她來自仙台的四人家庭,因父親經營生意失敗,於是開始過着貧困的生活。唸書時因為喜歡演話劇,所以一直想當演員,但瞬即發覺當話劇演員根本無法為生,湊巧身邊友人兼職拍 AV 賺外快,她一看之下發現水準低劣,毫無想像力,於是毅然投考於九十年代業務蒸蒸日上,當時社員已超過五十人的 Soft On Demand 公司。結果在出任了四個月的副導演後,終於有機會拍成處女作《第一次深吻》。和先前提及的 AV 女導演不同,菅原個子矮小,而且樣貌毫不出眾,也沒有任何風俗業界內的其他經驗,而且性經驗上也沒有任何特別之處,甚至對同性戀的嘗試也是在當上導演之後的再探索,究竟她憑甚麼得以殺出一條血路?

牛油犬

在女導演執導的作品中,部分會以展現女性各種自慰方法作為招徠的處理,其中一種就是所謂的「牛油犬」。它不限犬類的品種,指把牛油塗在女性的私處上,然後讓狗隻發揮天然舔吃的功能,來讓女性得以自慰。嚴格來說,從學理上來區分,「牛油犬」也算是獸姦的一種。當然牛油的塗抹之處,也可以因應場面需要而異,任何性感反射區如乳首又或是肛門都可以是對象之一。

在《第一次深吻》中，她採用素人策略（當然也挑一些外貌漂亮的），在街中找來十對美女，然後由她們在一對一的深情激吻，於是在情不自禁的情況下，一對又一對開始展開想像不到的化學作用，由臉色緋紅到吻得唾液交流不清，透過鏡頭的巧妙配合，帶出女同性戀的另一重微妙誘惑力。參與者事後均大讚對方的唾液「甘甜」、「橙味」及「桃味」等，還以為大家在賣潤唇膏廣告。

菅原的自白是一開始便不想在個人作品中出現男角，希望展示排除男優的情慾世界可能。她認為一切乃從與男友同居後體會出來，「當兩人一起生活後，逐漸便發覺自己擁有男性化、渴望支配的一面，於是在兩人的性關係上便開始感到不足，而自己的想像力卻一起在馳騁，形成一重內部撕裂的感覺。而從中也體驗出男性的存在，反而是窒礙了性探索的最大障礙，所以反映於作品中，我不希望讓男性出現。」

當然她也不可能在所有作品中堅持這個原則，我曾看過她其中一齣作品《看見陽具嗎？》。她用遊戲節目的形式處理，召來一百名女參加者，大家來到攝影廠，目的是來觀摩即將陸續上場的男優陽具。她們一方面有機會被抽中出來作即場示範的對象，指在所有人面對與男優進行性交，而鏡頭所見其他不幸的「落選者」，則唯有三五成群地在自慰解愁。此外，她們也進行一場馬拉松式的口交接力，大家輪流為台前的三名男優作口舌服務，目標是看誰可以成為幸運兒，令男優按捺不住爆發，而終於得到品嚐精液的獎賞。她們毫不介意作百人的唾液交換（一人接一人去品嚐三名男優的陽具），教我想起之前提及的《第一次深吻》絕技。更重要的是她的而且確刻意把男女角色易位，嘗試把男性處理成滿足女性的慾望對象 —— 對男優的肢體僅作局部呈現和高潮是數位如狼似

女導演出頭天

其實女導演除了在類型上有所開拓外，現實中亦有得到業界正式肯定的例子。正文開首提及的長崎南，在執導約有十年後，於 99 年便以《對後母再忍耐不住 瀨戶惠子》，得到《Video the World》選為全年十大的首位作品。過去長崎南一直傾向拍攝強姦又或是淫女物等類型，反而今次以戲劇主導的 AV 則能拍出女性特有的細緻觀察，因而得到評審的一致肯定，這也可見是女性導演抬頭的重要標誌之一。

菅原千恵作品《看見陽具嗎？》

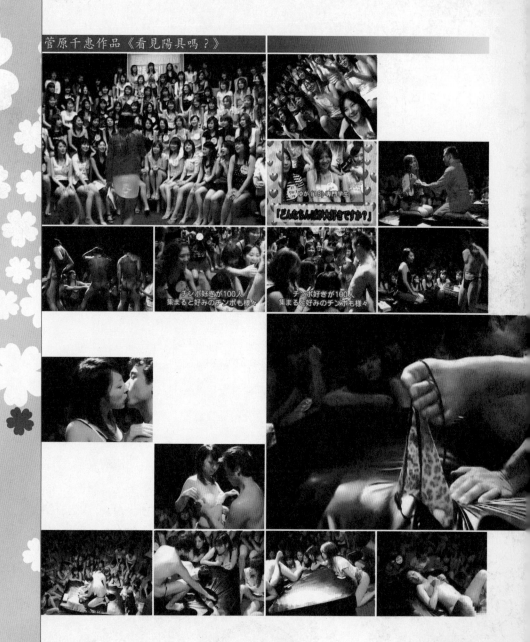

虎的參賽者圍攻男優等，在在顯示出她顛覆了 AV 影像邏輯中固有的性別思考。我不會説她就是一名 AV 業界中的女性主義者，但她這一獨特的個人風格委實又另闢蹊徑，開拓了 AV 的另一條康莊大道。

事實上，自她出道後一直頗受人注目，業界認為她屬「實力與人氣」兼顧的新晉導演，而且也十分期待她可以成為帶動新風氣的旗手。在《看見陽具嗎？》的封面上，也特別標明「菅原智惠導演」，可見她的名字有一定的號召力。不過 Soft On Demand 的最高統帥高橋雅也對她的評價仍有保留：「她仍有很多不足的地方，不過工作上算是認認真真，而且人氣也盛，有一種未經細加雕琢的魅力，所以公司會繼續對她悉心栽培。」看來我們一點也不能輕視 AV 業界的心思，每一個冒出頭來的創作人都有背後的故事。

當然到今天菅原千惠已經不是剛出道的青澀分子，隨着日益受到高橋社長的看重，她已經貴為 SOD 直轄子公司 SOD Create 的負責人，辦公室也設於 SOD 總部的新中野大廈內，地方之高可想而知。高橋社長在暢銷作《高橋風》中，更提及一關於菅原千惠的小插曲 —— 話説高橋社長對於員工的薪酬有一特別看法，基本上每年作檢討時都會問本人：「你想要多少？」。假如對方所提的金額與他預算中的差別在一百萬日元之內，他大都會接受對方的請求，因為這樣做才可以鼓勵員工承擔對公司的責任，以及建立正面評核個人能力及價值的風氣云云。結果他提及曾有一位 28 歲的女導演，本來的年薪為七百萬日元，在檢討時向他要求加薪足足一倍，於是高橋向她清楚表示只要願意為加薪的部分努力工作，為公司賺回來便可以，她的答案是二話不説自當努力而為 —— 她就是菅原千惠。儘管日後高橋社長在人前人後均以「薪俸小偷」來取笑她，不過能有勇氣和能耐在高橋手上，拿一千四百萬日元的年薪（月薪超過八萬港元），她到底不是一名平凡女子。

▣ 在訪問期間，菅原導演正要着手準備新一齣 AV 作的拍攝。

小早川嘉織的「嘉織塾」

　　另一個別樹一幟的 AV 女導演是 00 年才以《女同志病房 2》出道的小早川嘉織。她同樣屬半途出家的人物，而且較菅原智惠更加來得戲劇性。99 年她仍是某大金融機構的紅牌營業代表，由學校畢業後經歷秘書科的訓練，加上自己又有倔強不服輸的性格，所以在金融業界中終於以優秀成績打出名堂。後來因與男友結婚的關係因而辭職，想不到辭職後的另一春會在 AV 製作公司中綻放。

　　她加入了 Deeps 公司，Deeps 是 Soft On Demand 麾下的其中一間 AV 生產合作伙伴，在 Soft On Demand 一系列的伙伴公司中，Deeps 算是居於大兒子式的位置，獲最高掌舵人高橋雅也的特別注視。

　　Deeps 的社長是 AV 導演豆藏（在日語中，「豆藏」指古時以表演戲法、雜技及口技等到處討乞的人），他自言被小早川嘉織的辭鋒吸引，於是大膽擢升這位連副導經驗也沒有的行外人成為新晉的女導演。小早川嘉織強調「希望拍出把男女角色逆轉的 AV 作品來，簡言之就是由女性去支配男性」。至於用何手段？原來小早川嘉織一早已了然於胸，簡言之就是參考了風吹安

和的必殺伎：利用假陽具來為女性「奪權復辟」。她的構思是利用「龐然大物」的假陽具，然後用腰封固定於女優的腰部，於是她便可以同時擁有雙性的性徵，同時也可以利用繫於身上的假陽具來對付他人！在 01 年她便曾拍成《假陽具惡女》及《假陽具少女》等相關作品，由是一舉成名而殺出一條血路。

　　或許以上的風格並沒有甚麼突破性，不過和其他的 AV 導演比較，小早川嘉織更能夠追上時代潮

流，而且也懂得活用互聯網的資料為自己增加「籌碼」── 以她為名的「嘉織塾」（www.kaorijuku.net）正是為此而設的網站。其中表明即使未成年的網友，也無任歡迎來網站提出任何話題分享又或是諮詢意見。而小早川嘉織也組成一團隊，其中有 AV 男優、女優及其他風俗業界的人士來負責回應及解答問題。透過這個網站，她得以認識到各式各樣的社會邊緣人士，由強姦犯到易服癖，均一一透過留言再進而與導演面談，除了提供了創作上可供參考的素材外，更重要是從中發掘了不少素人參與 AV 演出。到目前為止，她已完成了超過十齣作品，成為業界內另一充滿未來可能性的女導演。

女導演的存在價值

事實上，近年 AV 業界也的而且確出現一股女導演風潮，彷彿每一間公司都會找一、兩個女導演來充實一下自己的班底。而客觀上只要是女導演開拍的作品，也特別多雜誌願意來作採訪。只不過對大部分男性觀眾來說，仍有不少人認為由女導演拍的 AV 並不有趣。

其中更嚴重的反悖更加主要來自 AV 業界的工作人士，事實上大前輩的風吹安和就曾表示在當 AV 導演的初期，最費勁的事就是要得到工作團隊的認同接受。她自言即使已把劇本完全準備好，設計又落手落腳完成，甚至連分鏡構圖也畫好，可是到了現場，工作人員仍是會冷言冷語，甚至高調作出對抗，並揚言以集體罷工來吵鬧。風吹安和表明一定要充實自己，不可讓他人看不起，她斷言不看任何 AV 雜誌以及相關的報道，要充實自己一定要在業界外追尋云云。所以商界企管的書籍，以及《窮爸爸，富爸爸》之類的作品都是她的最愛，「如果有自己的一套，而又可證明可以成功，就不用理會他人的想法。」

小早川嘉織也曾表示因為自己非科班出身，所以身邊由副導到其他崗位的人員，都較她經驗豐富，所以一旦她在現場未能徹底控制情況及發施有效

的指令，便會被立即針對，Deeps 的攝影組甚至曾有杯葛小早川組的騷動，幸得社長豆藏出面才得以擺平。而不少公司的 AV 女導演，也時常被謠傳因為乃社長的情婦才得以坐上導演的席位。而且整體上公司對女導演的要求也較為嚴苛，一般來説男導演一次失手往往不會影響拍下一作的機會，反之若果女導演犯上相若的錯誤，可能便沒有機會翻身。

　　不過小早川嘉織透過網上的反應得悉，一般來説較為內向消極的男性，往往會較鍾情於 AV 女導演的作品，從中或多或少得到一種追求母性的投射安慰 —— 當然我們可以視之為一種 SM 關係的變形（先前已提及 AV 女導演通常會顛覆男女的支配關係），但作為部分男性的性啟蒙素材，她們的存在或許同時產生另一重教育意義。

AV 無罪
小室有理

小室友理 的

三年
零八個月

女優
Scene 4

先説一説歷史，小室友理於 95 年（當時 19 歲）開始成為硬照模特兒，96 年 1 月正式於 AV 界出道，然後斷斷續續在業界出出入入，直至 99 年 9 月正式光榮引退，説三年零八個月的 AV 生涯完全無花無假。但千萬不要誤會，以為這段日子過的是甚麼非人生活的歲月，在她的

回憶中，反而乃百分百樂以忘憂的日子。「雖然面對的現實頗為殘酷，對我來説有很多沉重的事情要應付，不過拍 AV 的時候可説全然是樂事。甚麼也不用去想，只要把一切交託給事務所，好事便不斷湧現，想做的計劃只要説出來就可以實現。和現在成為半自由工作者的身份，所有事由報酬到契約等的關係都要煩心，可謂有天壤之別。」當然有呼風喚雨的能力，也拜她的天賦之材所賜，貴為九十年代初的一線單體女優，她的議價及選擇權自然不是其他半紅不黑的同道中人都能比擬。

我一定要成名！

95 年在 JR 池袋站的出閘口，一個毫不適合發掘女優的地方（人來人往，而且論人氣及聚焦程度又遠不及同區的 Sunshine 大道），但小室友理就是在如此的一個地方被 AV 星探搜尋出來。當時小室友里仍在位於池袋附近的旅行業專門學校中上學，湊巧當天下課後又與友人剛分途而歸，於是正好一個人往池袋站朝埼京線的方向走去。

「小姐，有興趣拍埼玉電視台的《艷夜》節目嗎？」一名其貌不揚的星探從旁掩來且張口探問。

事實上，當時小室對他又不生好感，但心中卻有另一重考慮：原來她當時已在一所模特兒公司中登記了，但過了半年只曾有一項工作找她，這樣下去想要成名委實難過登天。所以在拉拉扯扯之下，她不知不覺便隨星探回到

今時今日小室友理的角色已轉變了，為他人安排工作也是她工作的一部份。

涉谷的事務所中。不過在事務所等了很久也碰不見社長，加上星探又開始説節目會有床上戲，終於她按捺不住便逃走了。

然而要成名的決心委實戰勝了一切，一周後她回到事務所的門前，終於和傳説中日本的 AV 星探元祖鈴木義明有了歷史性的第一次接觸。

「對不起，我想來面試。」

「我們也有接 AV 的工作。」

「赤裸脱衣又或是錄影帶的工作也討厭。」

「如果不想拍也就算了，不過若然泳裝照可接受，則穿內衣褲的工作應該也沒有問題吧。」

説着説着，不經不覺便拍起造型照來。也不知為何，本來説好不拍脱衣相片，也邊拍邊露出乳房來，連小室自己回憶時也感到莫名其妙地可笑，結果當天便確定了以「小室友理」為藝名，而「小室」正是由當年人氣極盛的音樂才子小室哲哉而來。而且説時遲那時快，不到一周鈴木義明便為她接來《Ocan》雜誌的工作，儘管當時小室的身型尤其是下半身仍然略胖，但身邊的人一概已認為她是可造之材，攝影師力讚她的眼神充滿迫力，而鈴木義明已在部署如何逐步引導她步入 AV 業界中去揚名。

「我對 AV 完全毫不認識，而且入行前也沒有看過，坦白説當然更想成為藝能人，但卻苦無機會。那時候在腦中只有一個想法：我要成名，無論做甚麼也不要緊，即使拍 AV 也在所不惜。」

「當然，還有另一個拍 AV 更重要的原因：那就是金錢！」

事實上，拍 AV 不一定是成名的捷徑，但以 AV 的單體女優身份出道，大抵又會有所不同，因為要以單體身份打天下，本身的姿質一定要是上級之

■ 小室友理的 AV 作曾經是 AV 業界中暢銷作的代名詞。

緊縛

小室友理在《池袋色情男女》中，飾演的過氣女優最後便要走上在 AV 中出演緊縛的角色，由此反映出此乃 AV 激化的必經之路。事實上，緊縛差不多是 AV 中的 SM 場面的指定動作，透過利用繩子又或是其他相關的擬似物，把女方縛成不同的形態，從而去顯露出征服女性的心態。事實上，緊縛師是日本風俗界中的一門專業界別，著名人物有濡木痴夢男；甚至有緊縛攝影師的分工，如杉浦則夫就是其中的表表者。而且緊縛法也有不同的變化，如蝦形縛、合掌縛、座禪縛及鐵炮縛等，可說各式各樣，十分專業化。

選才有可能。終於在 95 年的夏天，鈴木義明開始積極游說小室友里出道，而除了金錢上的誘惑外，另一項撒手鐧就是「單體女優」的名目 —— 那即代表小室友里將會迅即成為業界中的大明星，支持者將會立即湧現。

成名 —— 無論是虛或實，總可以為人帶來意料不到的喜悅。

雨中的父親

很難說成名對小室友理來說為何那麼重要，然而若說她的童年回憶不算太快樂，大抵也別無異議。她有時也說，在雨天的時候特別容易憶起父親。她的父親是一名手藝人，專門為人在屋頂上修補瓦片，每天也要工作，一家人一起娛樂的記憶可謂全然空白。對父親來說，工作的重要性凌駕於一切。早上七時起床，八時出門，如無特別事

便於晚上七時左右回來，一家人吃飯後又一天了。對仍是小孩的小室友理來說，腦中的印象只有寂寞兩字。

由於是工匠性質的職業，所以只會在下雨天無工作可做的時候才會放假。所以一般小孩與父親在假日共聚天倫的記憶，可謂一片空白，甚麼一家人去遊樂場的必然節目純屬空想。即使遇上周日為下雨天，父親只會拿起漁竿，獨自往溪流垂釣，就算小室堅持要去相伴，她的思憶中亦只有無聊兩字—— 正因為此，所以她父親時常成為獨行俠，不會和家人一起活動。小室對父親較為美好的回憶，僅在乎於下雨天放學後立即回家，有時會發現父親在家休息，於是就會製造不同的傢俱，一點一滴去為「家」去增補修飾。

雨後不一定是天青，有時候又會是雷暴的降臨。一手為房子修修補補的父親，也是一手把它摧毀的人。

小室的父親是一個豪飲的人，時常飲到醉醺醺，一旦酒氣滿身回家，就會大吵大鬧，而且動手動腳。兩母女為此不僅吃了不少苦頭，而且飽嘗老拳的時候也不少。小室的家是日本式的房子，結構不算堅實，所以久而久之，也因而在牆壁的腳下出現不少被父親踢破的洞穴，有時發酒癲的情況嚴重，更要勞煩警察出動來平息事端 —— 而母親能夠做的，只有哭成淚人。

所以小室最後的選擇是逃走 —— 數年前當父親患上癌症，每次見面他都日益委靡困頓，而且也因為藥物的關係而逐漸陷入神智不清的狀態，她決定以鴕鳥政策回應。每次都以工作忙碌為名不再回去探病，最後不經意之間，有朝一天父親已不在人世。

沒有人可以為小室作任何的評議，也不可能把她進入 AV 業界與父親的關係加以道短說長。我只能說透過她的分享，在成長的過程中，父愛的闕如是鐵一般的事實，至於對每個人的心理影響，大抵也只會存於陰影世界之中，偶爾才會浮現出來刺痛自己。

■■ 長江後浪推前浪，滿箱新人換小室大抵是一不易的定理。

拍 AV 的代價

當然拍了 AV 之後，生活上不可能沒有變化。小室很清楚表示自己從來沒有後悔的心態，但現實上她也沒有用積極的方法去面對個人的身份，所以在三年零八個月的日子中，面對家人、男友又或是其他的友人，均選擇避而不談來處理 AV 的工作。

紙包不住火是不二的定律，所以拍 AV 的首要代價便是與男友分手。雖然她選擇不和男友告白，但事實上日子久了，男友也自然而然從其他渠道得知她的工作，兩人的面對方法是迴避不言，不過兩人的關係因此也鴻溝日深，終於也到了不得不分手的階段。小室友理明言，當分手的時候已知道無可挽回，而且對男友的感覺也不再在意，本來並無大礙，但男友的臨別一言反而教她久久不能釋懷。

「因為妳的緣故，我變得對人也不信任了。」

「雖然已經分手了，他的感覺於我無關，也不屬我的責任範圍，只是他的問題罷了。不過相處了那麼久，我留給他的原來只有背叛的感覺，始終不是愉快的結果。」小室之後只有在友人的婚禮上，曾經再見過以前的男友一次，不過兩人雖然也裝作若無其事地寒暄，不過她表示大家心知肚明一切也難以修補關係，而彼此的視線亦由始至終沒有正面的接觸。現在她的前男友已經結了婚，唯一的寄望是他生活一切如意吧。

其實她的遭遇不是獨立的例子，小室自言身邊的 AV 女優朋友其實很多時候都會遇上大同小異的困惑，而且經歷可能更為曲折離奇。她於同事務所中的師妹天野心，正好以更特別的方法去維繫男女之間的感情。

「有一次和阿心談起，她原來每次拍完 AV 後回家，男友都會大哭一場。她唯有立刻安慰他，中間少不了又吵鬧一番，然後又會立即做起愛來。翌日醒來，男友又會要求再來一次，之後再追問『是不是還是我更出色？』，大抵

這都是男人的征服感作祟吧。所以她每次去拍 AV，肯定要在一天中幹不知多少次，説得我倆都捧腹大笑起來。」

事實上，在三年零八個月的日子中，小室友里的感情關係也錯綜複雜，情感起伏波動到導致於業界中出出入入。她入行首先是一開始就簽了三齣作品的合約，完成後一度決定爽快地離開，改而去了一所公司中任職，可惜公司出現經濟問題，不到兩周便有八成的新入職職員求去，於是自己衡量得失之後，決定辭職再投向鈴木義明的事務所求助。

決定復工後，又因為與另一位 AV 男優產生感情的糾結，於是在 96 年的夏天，把自己困在家中足足三個月，所有預定的工作也推掉，而事務所方面自然也遭受嚴重的損失。如此拖拖拉拉，直至 97 年的 1 月才完全正式重投 AV 現場進行拍攝工作。

AV 生涯原是夢

事實上，拍 AV 時的小室仍是二十歲的小姑娘，可以説是入世未深，很多時候都成為「蝕底」了的一人。

「在我入行之時，那時候拍的 AV，大抵一半是『本番』（打真軍），一半是『擬真』（模擬性交動作場面），但一般在合約上都不會交代清楚。而我在進入 AV 業界之前，一向以為所有 AV 都是『本番』的，所以也自然不會多問，而且也直覺上感到不真正去進行性交，效果又怎會好呢？因此我拍的 AV，大體上全是『本番』的作品，只有極少數的因特殊情況而例外。」

不過認真看待自己的工作，有時候即使吃

了虧，反而又會有意料不到的後果。事實上，小室友理在 AV 的三年零八個月的日子，被網友封為「潮吹之后」，而且又因為在現場積極投入的工作態度，令她迅速上位成為第一線的天后級 AV 女優，一切可說得來不易。

而且對於一般人來說，九十年代初的 AV 女優待遇，仍然是一個業界的神話年代。一般來說，單體女優拍一齣 AV，收入可以去到一百萬日元上下，如果紅透半邊天，有時候更可以去到三百萬的天價。對於小室友理來說，一百萬鈔票放在面前的情況並不罕見。

「事實上，對一個二十歲左右的女孩來說，面對一疊一百萬的鈔票，要怎樣用委實毫無頭緒。貯起來好嗎？又或是不如花一半貯一半，反正有很多東西都想買！當用了五十萬之後，又會想到還有五十萬；即若連那五十萬也花掉，又會想到下個月又會再拍，到時又有一百萬了，實在不用介懷。」

就是因為這個緣故，要一個年僅二十歲的女孩好好運用天降橫財，似乎並不可能，所以不少單體女優的同行所賺回來的巨款，大抵都是左手來右手去，部分接受不來的，於引退後便轉而投入風俗業（即色情事業），繼續以肉體來換取金錢帶來的快感。

而小室友理以三年零八個月換回來的三千萬日元又怎樣呢？是的，她也不過是一名曾經二十歲的女孩，和其他人一樣於一朝醒來，才發覺那三千萬不知就裏糊裏糊塗就花掉了。現在她以硬照模特兒、專欄作家及參與舞台演出為業，不過也很坦白的告訴我，每個月的收入大概只有以往的四分之一，因此也承認引退後的生活，於經濟層面上的而且確有一定的壓力。

當然回頭說來，以小室友理的素質，引退時不過 23 歲，如果要拍下來絕對不成問題，但令她堅決要急流勇退的原因，就是 AV 業界整體上的激化變態傾向，已經去到一發不可收拾的狀況。

潮吹

有網友封小室友理為「潮吹之后」，我沒有去作考證，不過潮吹就肯定已成為 AV 業界的專業用語。它指在性行為中，女性從尿道可噴出液體來，在好一段日子中，不少 AV 都以女角可以成功潮吹作為招徠的場面。英語中會用 female ejaculation 形容，而一般 AV 觀眾均會有錯覺，把女性高潮與潮吹混作一談，甚至以潮吹作為高潮的終極標誌來看待。事實上，據醫學的報告顯示，潮吹與高潮並無必然關係。另外，至於潮吹出來的液體是尿液還是愛液，也有不同的理解。一些研究報告指出，根據分析潮吹液體的味道後，與尿液毫不相似，但 AV 場面中間歇會出現潮吹大量液體傾瀉的鏡頭，一般來說大多數僅為尿液而已。後來著名導演今村昌平的《赤橋下的暖流》正好是以潮吹來作為戲劇建構中心的藝術作品。

「AV 業界的特色是只要妳一直做下去，自然就會有工開，事實上市場的需求真的很大。不過自己心知肚明，花無百日香，在我引退的日子前後，AV 的趨勢追求的已不是正常的性愛場面：強姦、浣腸、吃糞、排尿等不同程度的變態作品排山倒海而來，如果妳不拍就會被淘汰。我不想接以上的作品，唯一的方法就是離場。當然從另一個角度來說，也因為不同形式的作品多了，或許會有  正面的作用也說不定，因為想留下來的可以有更多方法延續 AV 女優的生命 —— 生產商多了，而且連『熟女』的類型片也增加不少，所以一切只在乎女優自身的個人決定，無所謂好與不好。」

其實在影像世界中，小室友里也曾把上述的 AV 女優末路演繹過一次。在石崗正人導演的《池袋色情男女》(01，曾獲日本映畫導演協會新人獎)，她正好出演一名過氣的 AV 女優美樹。美樹過去曾是 AV 業界中的一級女優，但隨着時間的變化，她已經由單體女優的身份逐步向下滑。電影中正好逐一披露過氣女優的難處：一方面被丈夫發現了自己的 AV 歷史，於是在被迫告白後而陷於分手的局面；在事務所中因為脾氣差，令到經理人除了把她看成為搖錢樹外，也不想對她再加以理會；在現場中也日益要接拍激化的性愛鏡頭，其中以被綑綁的 SM 繩技作交代；最後發覺在 AV 混下去再無出路，終於轉戰其他形式的風月場所謀生 —— 電影不折不扣就是代入了小室友理的個人身份，來作一次可能的推想演繹作戲劇發揮。一旦處理不當，美樹的角色與現實的小室友理也隨時有機會作命運上的重疊。

人非草木，現實世界中的小室友理坦言當看到自己的名牌在事務所中被

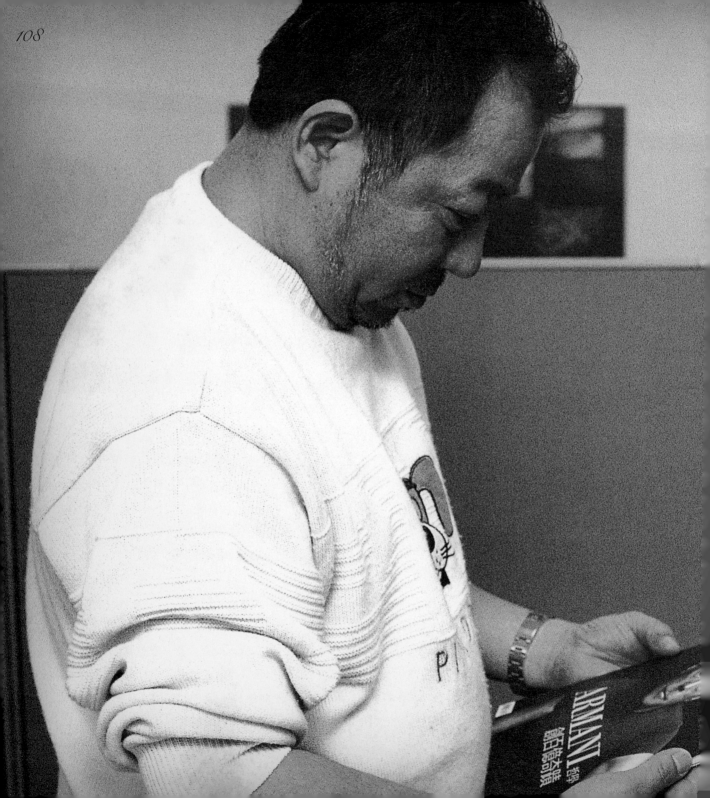

除去，而又眼看着其他後輩的人氣漸升時，心中也有酸溜溜的一刻。不過 AV 就是愛新鮮的業界，女優的存在價值就等於一件壽司，一旦在運輸帶上擱久了，便只會落得被扔進垃圾桶的命運。只於能否趁當紅的日子中，把握機會建立好自己的人脈，從而為自己未來的生活打好基礎求變，那就要看各自的造化了。

AV 女星探（Scout woman）的開路先鋒

大抵誰也想不到，小室友理在引退後的其中一份工作，竟然是易地而處成為一個在涉谷出入的 AV 女星探。只不過她很快便發現自己沒有這方面的才能。據不成文的行內說法：成為職業星探的條件，是向五個人張口游說的話，至少有一人會留下聯絡電話；向十個人開聲攀談，則至少會把一人帶回事務所。不過以涉谷之大，可惜卻容不下小室友理這一位 AV 女星探。事實上，據小室的觀察，要在涉谷發掘到合適的女優似乎難度日益提高，所以有不少行家都轉移向新宿及池袋方面發展。

「一般來說，當我去做星探時，通常會選擇平日的下午。有人會以為不是在周六或周日更好嗎？至少人流暢旺。但實情為在假日的時候，大部分人都會成雙成對，又或是結黨成群出沒，這已經違反了星探的開口原則 —— 一般來說，行規中都只會向單身的女子攀談，因為與友人一起，即使本人有興趣，也往往不好意思在他人面前顯露出來。反而平日的午後，來逛街的女性多屬放平日假的上班族，自然會有空閒及心情，要搭訕也比較容易一點。」

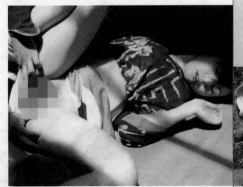

熟女熱潮的由來

香港的 AV 觀眾對日本人迷戀熟女作品，不一定可以完全理解，但日本的媒體分析家卻有清楚的說法。他們認為男性在三十世代，因為早熟的關係，所以對性的好奇及衝動已大為降低，而且現實上也不用如年輕時的濫做濫發。而觀賞熟女作品，正好可投射個人的期待，一方面可以在性技完熟的對象上得到快感，而同時又可以仍然保持精力旺盛的幻象（始終較對手年輕），因而得到平衡作用。反而不少人到中年超逾四十的 AV 男性觀眾，均表示對熟女作品興趣不大，反而表示對手愈年輕愈好，看來三十是熟女世代，而四十是 Lolita 世代的閱讀有一定的真確性。

事實上，很多人以為由女性去出任星探，可能會更加容易，但原來結果卻相反。因為大家都早已有根深柢固的印象，認為男性才會較為專業，再加上女星探委實少之又少，反而予人有不安全的危險感覺。作為一專門的職業，AV 星探其實也是一種特殊的「職人」，有不少的專業知識要學習。小室友理認為最深刻的一道教條，就是無論在任何情況下，星探的視線永遠都在搜尋獵物。即使自己正在與目標人物攀談，又或是和行家交換情報，總之雙眼都會不停地向四方掃視，務求不會錯過任何一個可能性。

遺憾的是，不久之後小室友理便知道自己絕不適合出任 AV 女星探的工作，尤其是說話的才能更遠非她想像般容易掌握。所以和她當 AV 女優的成績相較，AV 女星探一職可說徹底失敗 —— 因為她連一名女優也發掘不出來！

剛為人婦的抉擇

小室友理留給香港人的最新印象，應該在於《豪情》的演出，事實上陳慶嘉對她的專業態度讚不絕口。拍攝期間，湊巧遇上沙士時期，工作條件頗為欠佳，但小室友理絕無任何懼意，甚至連與其他演員對戲也不用戴上口罩，也因而令到電影完成後，她得以繼續與班底保持良好關係。

今年年初，小室友理結婚了，丈夫在電視台任職，和她原屬的 AV 業界別無聯繫，而且她也承認丈夫不喜歡自己過去的 AV 歷史，所以會盡量選擇避而不談。不過最大的轉變，應該是她宣佈了從此不再接任何需要裸露的工作，香港人對小室友理的既有印象大抵自始便要改觀。「我明白可能會對接工作上有影響，但自己已經三十歲，不能再任意妄為了。當然決定也有考慮到丈夫的因素，相信沒有人喜歡自己太太在他人面前赤身露體。在裸露的工作與丈夫兩端的天秤之間，大抵抉擇的方向也很清楚了吧……」

由過來人提供的建議，不一定中聽，尤其是忠言逆言，只是背後肯定有她的生活智慧在內。

「對於想入行的女孩子,我的忠告是先要確認自己的心態 ── 一定要十分專業,不可以用玩一玩、試一試的態度來面對。現在拍成的 AV,以 DVD 及在網路上的方法流傳,普及層面極廣,簡言之任何人均不可能掩飾曾經拍過 AV 的歷史。所以入行時一定要有充足的心理準備,要有信心去為未來的自己負責,而且要有勇氣去背負 AV 女優的歷史去面對以後的生活。如果有以上的決心,我會建議她可以入行去追尋自己的夢想。」

最後一提,我想不僅 AV 業界貪新忘舊,作為 AV 觀眾的我們又何嘗並不如是:當我想在一眾 AV 海盜店舖尋覓小室的歷史經典,睇場大佬的回應是:哥仔,你要睇熟女,埋便有大把,埋便睇埋便揀啦!

萬人迷與
不倒女

由
夏目奈奈
至
大迫由美

女優
Scene 5

夏目奈奈的成名作之一《Stalker》

不知其他人有沒有與我的相同經驗：以前看 AV 之際，常會有疑問：究竟她們在引退後會做甚麼？反而在行內可以逗留多久則興致不高，因為供求定律會極速提供答案。飯島愛說賺到的錢用來去美國體驗生活，又有傳言說某某會回鄉開店度餘生 —— 到底現實的真相是否又可以如此簡單和「風俗業」（即色情事業）一刀兩斷？

據業界中人的披露，以前一般的 AV 女優壽命約為一年，較長的也不過以兩年為上限，現在因為市場需求的 AV 類型拓寬了，所以也較多女優可以轉型逗留稍長時間。通常引退一刻，都會辦一個風風光光的引退會，然後從此便在鏡頭前消失。而引退後的出路一般有數大模式：一是於六本木等時尚流行地方開店，但實際上她們是否真正的店主卻頗惹人疑竇，而且引退的女優往往會以媽媽生的形象於店中坐鎮，而現役的 AV 女優則會輪替出入，所以這一類店舖的「成分」甚為可疑。二是變身成脫衣舞孃，繼續保持在「舞台」上的表演活動。三是投身入其他的風俗行業中，如提供應召出鐘制或來店預約制的色情服務。最後為留在 AV 業界，不過卻轉型為幕後的工作人員，如髮型師或化妝師等等。

不過正如永江朗在《成人系》（東京筑摩書房，03 年文庫版）中的田野考察，不少現役 AV 女優對於自己的將來，都會以「成為一個普通的電視明星」作答（部分更會以想成為律師

Kunirigusu

對女性的口交，意指針對女性的性器，由尿道口至陰道至大小陰唇等，用口部作出刺激，從而令女方得到高潮的性交方式。本來在 AV 中是以男女異性交歡的前戲出現，後來隨着女同志的 AV 大行其道（同樣針對男性觀眾），因而成為女同志交歡的必備場面。有時候為了強化效果，通常會把 Kunirigusu 處理成一種性技調教手段，如針對穿上迷你裙的女方進攻，把頭埋在裙底，隔着衣物令對方出現全濕狀態，而且流露害羞及尷尬的表情，以強化當中的征服感。

■ 夏目奈奈有三分之一的工作時間，是在應付作品完後的宣傳活動。

回應）。而事實上好像除了飯島愛一人外，在日本的藝能界中再也沒有其他成功的「洗底」例子了。更加重要的是，似乎成為 AV 女優後，能夠與家人和睦共處的委實有如鳳毛麟角。即使得到家人諒解，但能夠闖過世俗壓力一關的人也少之又少。九十年代曾紅極一時的冰高小夜便曾交代主要因眾叛親離的處境，才迫於無奈引退，因為居於橫濱的家人已徹底被鄰里疏遠，兩老成了自己的代罪羔羊。據永江朗的採訪，冰高小夜入行的歷程也頗有「趣味」，她本是出版社中的 OL，負責編輯上的事務，而自己一向是立志寫作的。而她對日本的文壇動向也一直十分關心，自己心儀的作家為村上龍及山田詠美，最討厭的竟是村上春樹。她認為後者對人際間的性關係及表現，從心底裏有一重認為乃污穢的看法，所以反而故意把性寫得很美妙漂亮。明白了村

夏目奈奈作品

Baizuri

利用女性乳房去刺激男性生殖器的行為，是 AV 中戀物類型中的其中一種常見的拍攝場面。英語中的 titfuck 意思相同。一般來説，會利用左右的乳房來夾着陽具加以搖動來製造刺激效果，而按照不同部分的着重，可以有「乳頭磨」又或是「乳首磨」等不同的戀物癖細緻區分。一般來説，屬巨乳女優拍 AV 時的必殺技之一。

後，她便認為再不可看他的書下去，因為對性的詮釋，彼此有着不可踰越的鴻溝在內。她入行不過是因為一次偶然在川崎經過，湊巧碰上 AV 的女優探子，於是才開始了自己的 AV 旅程。

萬人迷的萬人迷魂術

事實上，如冰高小夜式的奇異入行背景，在現今的 AV 界中可謂層出不窮。自從永澤光雄以兩輯《AV 女優》打開了市場的血路後，同類型作品不斷湧現，當我翻閱中村淳彥的《AV 女優 22 人的人生 —— 我生存！》，其中可說甚麼人都一應俱全——有由早到晚都在援交的美沙子、有明言只可以和我談金錢的黑木美優、亦有公言想成為飯島愛的相澤夢、更有在婚禮後翌日開始拍 AV 的澤田加奈、至於懷孕了七個月才拍 AV 的井上愛大抵已令人瞠目結舌、只不過好戲在後頭：四十過後才在色情場所開始工作更乘勢轉型為 AV 熟女的有結木明日香 —— 諸如此類的故事可謂要多離奇有多離奇。由入行到離場，由盛名到備受冷落，遊戲本身自有當中的規律，在這次日本採訪之旅中，也自然希望檢視兩端的風光。既然有幸與過氣的一線女優小室友理詳談，自然也興起盼望看看目前最紅的單體女優又會對自己的工作有何看法 —— 她就夏目奈奈。

說夏目奈奈是目前 AV 業界的當紅炸子雞絕不為過，她既是 SOD 的專屬女優，而且又剛奪得了 AV 業界的年度大獎 —— 第十四屆東京 Sports 電影大獎的「最佳 AV 女優獎」及第五屆北野武的 entertainment「最佳女優獎」。無論獎項的頒發有多大的遊戲成分，但至少證明了她已成為業界內最

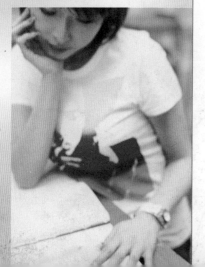

▓▓扮演學生又或是老師，已成為夏目奈奈的「日常」演技。

矚目的新星。在頒獎禮上，奈奈更使出一招「美女偷桃」，向北野武的私處作勢突襲，翌日自然成為了各大報章的娛樂版要聞。事實上，奈奈目前的行情正好全面上揚，04 年日本鬧出假溫泉事件 —— 位於長野縣的白骨溫泉竟然在泉水中，加入溫泉粉來調色，結果惹來軒然大波，想不到《週刊現代》竟然找來奈奈去白骨溫泉作裸泡驗證，釀成一時趣話（網上有人激烈批評雜誌的掛羊頭賣奈奈肉）。而在東京電視台的深夜節目《給與明細》中（逢周日深夜 12 時 35 分），奈奈更出任成人娛樂記者，且取代了巨胸女優 Megumi 的位置，可見備受重視的程度。當然《給與明細》的幕後製作人是伊藤 Danny —— 亦正是 SOD 高橋社長的「恩師」，在千絲萬縷的關係下，夏目奈奈的成長自然更早已鋪好了坦途供她上路。

「我自小就是一名男仔頭，所以從來想也沒有想過長大後會成為 AV 女優。而且坦白說，在入行之前，我連 AV 也沒有看過，所以現在的情況也可說頗為不可思議。我入行前是硬照模特兒，湊巧遇上有拍 AV 的機會，於是便興起不如一試的心態。當時也沒有和任何朋友商量，基本上是以瞞着身邊人的態度開始拍攝，最初也有擔心及惶恐之情，但進入了現場後便逐漸發現其中的吸引之處，因而有愈拍愈起勁的感覺。

■■上一刻在拍造型照，下一刻已正襟危坐接受訪問，這一行對專業態度的要求愈來愈高。

「我的意思是：在 AV 的現場中，你的而且確尋找到個人的存在位置。我自己不是一個性經驗很豐富的人，而最初拍 AV 時常有極度害羞的反應 —— 始終要在眾人面前進行性交，不是立即可以適應的事，這一點到現在仍未能完全克服。但

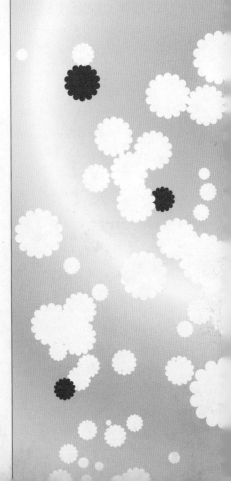

更重要的是在拍攝的過程中，你會一點一滴融入其中，由害羞進入興奮的狀態，逐漸也不再理會及介懷身邊其他人的工作。事實上，在 AV 的世界裏，你的而且確可以體會到很多現實中不可能經歷的體驗，例如我最近有拍過女同性戀的場面，自己最初也不知如何入手，後來放鬆心情後，嘗試去想像作為女方，自己最喜歡對方如何撫摸自己等等，逐漸便可以進入狀態，而且自己也變得很享受其中的過程。我去年一月才入行，現在也不過拍了一年多，但可以肯定地說過去的一年，必然較不少同年紀的人過得充實百倍，也認識了更廣闊的世界。而且在 AV 的現場裏，妳很真確感受到自己存在的重要性 —— 其他人都需要你。所以現在我會很小心的保重身體，尤其在不用拍 AV 的日子好好調息，不會輕易容許自己染病 —— 你知道自己的重要性。我作為單體女優，一旦病了，全組人便完成不了工作。作為一團隊，自己的責任心也相應提高、加強。」

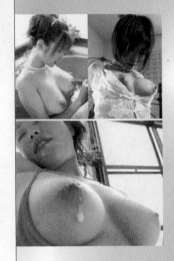

我查閱夏目奈奈已完成的作品，大部分仍以角色扮演為主，由醫生、護士、老師到風月場所的小姐等，再加上被人凌辱又或是亂倫等的關係構成故事內容 —— 那顯然是蜜月期的作品，因為夏目奈奈充滿新鮮感，加上個人質素又高，所以劇情不用搞太多花樣，僅靠她的樣貌及胴體已足以成為暢銷作品。事實上，在網上的 AV 女優評論，提到奈奈除了樣子甜美煞食之外，更重要的是從不隱藏她的關西口音。AV 女優固然不乏關西出身的人士，但過去甚少於作品中刻意去表現出來，現在奈奈放棄標準語而以自己的關西口音示人（她於 1982 年生於大阪），反而意外地予人一重「真實感」，由是教支持者更感到親切云云。對香港的 AV 消費者來說，相信奈奈的關西口音不可能帶來甚麼附加價值，可是她卻提供了刺激思考的另一契機。作為目前當紅的頂級 AV 女優，為了保持她的形象，很難期待她會有甚麼深入的內容與我分享。不過她正正常常的成長背景，對比起剛才極端化的各式女優故事，似乎更令人墜入五里霧中 —— 不需要任何理由大抵就是最真實的入行理由。

巨乳

顧名思義，巨乳就是巨乳，好像不用再多作解說。但事實上，巨乳的用法在日本也有一段發展史。最早使用的是《Friday》雜誌，它們用來形容 AV 女優松坂季實子，後來日本的搞笑藝人片岡鶴太郎在電視節目上，時常把巨乳的用詞加以廣泛運用，於是逐漸成為一流行語。一般來說，對巨乳並無嚴格定義，通常有 D Cup 的上圍就有資格被稱為巨乳。直到九十年代，因為安永航一

■ 不要小覷背景中的浴缸，其貌不揚的道具往往就是浴場中不可缺少的場景。

郎的漫畫《巨乳獵人》大為流行，於是迅即拍成為 AV，因而激發了「巨乳熱潮」的湧現。後來再不斷有相關的新語出現，例如 F Cup 或以上的名為爆乳；外形漂亮的是美乳；反而如果發育不完全的則有貧乳或微乳之稱。本文的受訪對象之一大迫由美正是巨乳派的成員，反之夏目奈奈則是美乳派的代表人物。

以高嶋陽子為名的 AV 作

由高嶋陽子到大迫由美

　　不要以為我要介紹兩位女優，其實我訪問的是同一人 —— 她先以高嶋陽子的名字出道，在經歷中退後，後來再以大迫由美的名字復出並仍然拍攝 AV 至今。今年 25 歲的她，大抵會令所有 AV 迷跌破眼鏡 —— 一直以來，AV 對制服角色對有深厚的情意結，想不到大迫由美卻是貨真價實的女護士。是的，她曾接受正規的訓練，即使到現在仍然在醫院裏從事護士的兼職工作。

　　「我入行首要原因是金錢。因為家庭關係不好，中學時父母已經離婚，要由母親撫養長大，由於她要工作，於是家中的大小事務均要由我打理，那時候令我十分討厭自己的家 —— 為甚麼所有同學都可以打扮得漂漂亮亮上街嬉戲，我卻只有粗衣麻布囚在家中作無償勞工？為甚麼父母兩人的感情瓜葛糾紛要累及下一代，究竟與我何干？所以自己決定一夠年齡及有機會便要離家獨立，結果在完成高中課程後便一個人開始了自食其力的獨居生活。」

　　不過要在東京一個人生活其實一點也不輕易，尤其是對一名舉目無親的

AV 與愛滋病

據最近的官方資料顯示，日本是發達國家中唯一自 93 年以來愛滋病病例不斷持續上升的國家，而且專家預計增長速度甚至會四年向上一翻。僅以 04 為例，新錄得的愛滋病病例為 1165 宗，增長率高達 14%，與重災區如非洲等發展中國家的情況相若。而專家估計實際數字很可能是官方公佈的 2 至 4 倍。部分媒體分析家直接把愛滋病的飆升與 AV 的廣泛流行拉上關係，一方面潮流傾向激化趨向，如「中出」（指不戴安全套而進行性交，且把精液射進陰道去）的拍攝場面與日俱增，以滿足觀眾的需求，自然增加了風險程度。同時也因為 AV 已成為一般人學習性技的對象，尤其在年輕人圈子中更大行其道，於是也令到第一次進行性行為的年齡大為降低。據資料顯示，日本近四成的高中生均曾有性行為的體驗，而且趨向不用安全套，危機意識可謂十分薄弱。

■ 今天的大迫由美已成為一笑口常開的開心果，背後的 AV 故事又有誰知悉？

Roricon
(Lolita Complex)

日本 AV 業界中，在九十年代初期也曾一度湧現「蘿麗妲情意結」的熱潮，當然大家都知道這是指成年男性對少女的性迷戀癖好，由小說《Lolita》而來，西方也有《一樹梨花壓海棠》的電影版。日本的藝能界偶像中，宮澤理惠初出道時也被廣泛認定為 Lolita Complex 的投射對象。而有分析家指出「蘿麗妲情意結」特別符合日本國情，因為「蘿麗妲」有暗示容易懷孕及懷孕次數多的身體特性，所以與日本的傳統國民性的追求有暗合之處。無論如何，在九十年代出道的一批女優，不少都因緣際會成為 AV 觀眾的追捧對象，如菊池江里又或是木下裕子等，都是一時的著名的「蘿麗妲」女優。

少女來說，就成為更大的挑戰 —— 為金錢而選擇拍 AV，大迫由美答得一點也不含糊。而她也一直去得徹徹底底，翻查她的 AV 履歷表，單體女優及企劃女優的身份也曾擔演過，而且一直被業界以「巨乳女」尊稱。不過從中也可看出她經歷的一切毫不容易，由各式的輪姦、SM 到綑綁等玩意，均會有她的份兒；尤其當她以大迫由美的名字復出後，作品更趨向激化路線發展，教人憂心她究竟是怎樣走過這一條路？

　　「拍攝時的而且確曾遇上不少超逾常人可應付的處境，不僅僅是肉體上的折磨，更加屬心靈上的侵蝕。我的經驗是在現場裏逐漸會感覺不到自己的身體，被人凌辱的好像是他人而已，自己的腦中一片空白，甚麼也想不到也沒有去想。有時候去到極端的一刻，腦中反而會響起音樂的感覺，似只要捱得過去，就能夠進入另一的美好新世界。是的，在 AV 現場中一定不可以退縮，即使拍攝的過程超越了劇本原先的界限，但自己一定會堅持下去 —— 五年的 AV 經驗，我只哭過一次，而且發誓自己再不會哭。不可以輸給它 —— 現實上 AV 女優的競爭十分劇烈，說做不到，實在不難隨時找人來頂替的位

置。更重要的是一份尊嚴，AV 女優的工作是自己挑選的，放棄表示向自己的人生認輸；與此同時，業界對的評價也盡在現場表演中決定，你可以超越難關，便可以得到他人的認同及讚許，成為自己的存在價值及動力之一。」

只不過，換取這份尊嚴的代價一點也不輕。「我把性分為二端，一是日常的性，另一端是工作上的性。後者因為是工作，也即是個人與社會交接的中介，所以自然必須要以最好的形象示人。正因為此，有時候在現場當對手做得很過分，自己已變得很憤怒，但一瞬間想到鏡頭下的一切，將會成為我的作品，亦即是其他人認識我的憑依，那時候便會堅忍下來，務求要以最美好的狀態去面對觀眾。至收工後，人有時會平衡不來，於是便以酗酒來發洩，又或是一大伙人嬉鬧到天明以求麻醉自己。但我得承認人有時會墮入極度低潮的時期，自己試過好幾個月沒有離開過家門，甚麼也不想做，而且要靠服藥來控制情緒。」

沉重的肉身

在短暫的相處時刻中，大迫由美一直反覆強調不可退縮，否則就是人生的失敗者。我們在到達東京後的第一晚採訪她，之前已馬不停蹄做了兩個訪問，想不到在相同的時間中，她竟然刻意花上了數個小時在妝扮，且以和服的造型來讓我們拍照，我實在心存感激。只是生活上的種種壓力，始終令人感受到大迫由美不容易活得開心。

「現在我又回到醫院的工作場所做事，坦白說工作上的不如意事始終較多。一方面因為工作上的伙伴全都知道我的過去，所以時常說一些冷言冷語挑剔我，其中也有不少人事上的政治關係，令到我只能出任兼職的工作。但我一定不會逃避，你問我為何不選擇離開東京去重展新生？因為這代表我認輸，所以即使繼續被人歧視，仍會堅持下去 —— 做護士及拍 AV，都是我選擇的人生，誰也不能干涉及阻撓！」

事實上，環繞大迫由美身邊的一切，似乎都有不同程度的壓力催迫。工作上，大迫由美也心知肚明，作為一個出道已五年的 AV 女優，她剩下來的日子並不多，而且她也明言不想將來以熟女的形象沒完沒了的在業界混下去。當我在網上去翻查她的作品，也驚訝於刻苦的拍攝歲月對她的外貌有如此沉重的磨蝕；家庭上，她的父親去世了，而母親亦染上重病，需要她負責照料；感情上，過去的男友也曾因為接受不來 AV 女優的身份，而把感情劃上句號。我在訪問後的愉快飯聚中，一直暗自盼望會有好事降臨她身上 ── 幸好當我遇上她目前的男友後，才教人感受到人生中的一絲曙光。大迫由美曾說過往後交往的男人，一定要完完全全接受自己的過去，而男友對我們在飯局中口沫橫飛討論她的歷史，也一直安靜地面帶微笑來從容面對。大迫由美聲言目前最希望的生活，就是在星期日可以帶同愛犬到郊外野餐 ── 這不是很普通的渴望嗎？

快樂作為「通貨」？

回頭再去思索 AV 女優的出出入入歷程，教人不得不再進一步反省日本當代社會的男女生存狀況。AV 女優的大增，當然與日本社會中「素人女」（良家婦女）與「玄人女」（娼婦）的角色日漸混淆有密切關係。現代文明一向建立在男女性別的二重基準上，即前者往往以性經驗來論英雄，後者則只會淪為淫娃蕩婦。但在理論上，假若無法規範男方如女方般「守節」，則唯一的男女平等可能性，只可能出現在大家共同投入參與愈快樂愈墮落的玩意中。上野千鶴子於《尋找「私」的遊戲 ── 欲望私民社會論》（東京筑摩書房，92 年文庫增補版）中，提出了以「快樂」來代替「貨幣」的一重新時代邏輯，我認為對理解 AV 女優的「勃興」頗有啟發性。她認為在近代的自由市場中，貨幣本來是千千萬萬所賴以得到平等接觸機會的民主基準。在自由經濟市場中，人將自己的身體看成為勞動力商品去調合；而在性的自由市場

中，人亦以自己身體去配合快樂的規律。如果名為快樂的價值是從屬於名為貨幣的價值下，則人便可以快樂之名而成為勞動者了。簡言之，快樂的勞動者可有男娼及女娼，兩者均透過把快樂傳遞到他者身上而確立身份；於是金錢可買無盡的快樂，但快樂同時亦可買到金錢。

上野千鶴子由是提出一個大膽的假說：在性的自由市場中，快樂將淘汰貨幣而成為最終的支配運作原理。背後的實證支持是在從事了長期的監獄女性輔導官後，發覺任何社會規範又或是健康的理由，對從事風俗業的女性均不起勸誘回頭的作用，唯一可以確定的不過是「單純的性愛，較牽連上金錢的性愛，教人來得更加身心舒泰」。我認為她的而且確觸到問題的核心，隨着家庭的解體以及社會規範的失序，不少人都以為都市人會自然過渡為經濟活動。假若如此也非壞事，因為一切均有理序可尋，問題為由客觀的貨幣轉型為以主觀的快樂成為「通貨」之時，反映於性工業的變化上，大家更加無從捉摸而如墮深淵似的。

冰高小夜說如果是在涉谷遇上 AV 女優探子，她便不會入行。你知道在川崎遇上，和於涉谷遇上，究竟有何分別嗎？煩請高明指引，以破解快樂作為「通貨」之謎。

「關西物」的誘惑

文中提及夏目奈奈的走紅，有人認為與她的關西口音有直接關連。其實在九十年代，AV 業界中也曾有製作商專攻關西市場，希望為 AV 開拓地區化的分散投資路線，其中以 Corona 社最用力發展，其中如《太太，可以真性潮吹嗎？》為著，其中當然全用關西口音拍攝，希望予人親切感。由於市場日漸分化，現在於關西及名古屋等地也有裸體模特兒公司存在，所以要發掘操關西口音的 AV 女優並非難事。反而是在 AV 業界的傳統觀念中，女優通常不願他人知道自己的出身所屬，以便有一天可以回鄉再過後 AV 女優年代的新生活，而「關西物」的出現某程度便衝突了以上的 AV 習尚。

企劃女優的
快樂與哀愁

Mew

的

過山車
人生

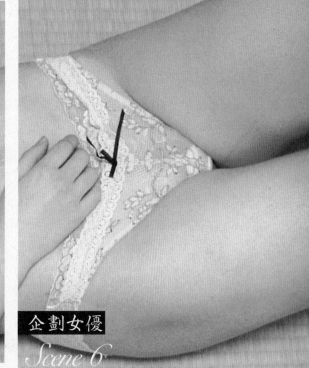

企劃女優
Scene 6

在出發往日本採訪前，在計劃的名單中，我堅持一定要有一名企劃女優在內，否則便無法捕捉到 AV 業界的真實一面來。正如先前的說明，「單體」指可以獨當一面的 AV 女優，她們的名字就是銷路的保證，本書中的小室友里及夏目奈奈就是最好的例子。而「企劃」就是因應不同的拍攝計劃而出現的女優，她們的質素肯定不及「單體」女優般出眾，所以只能在作品中以肯搏肯做的方法來惹人注目。由顏射到浣腸，甚至更激烈的性戲場面，往往都是由她們去出演。不過作品完成後，她們的名字可能在封套中連提也不提及，即使存在也不過置於不起眼的位置。如果「單體」是業界中萬千寵愛集一身的明星級人物，「企劃」一眾肯定就是背後默默耕耘的綠葉，為 AV 的觀眾帶來不同類型的性愛快感。如果本書中沒有「企劃」女優的聲音，故事就肯定只有風光的一面，成為歌功頌德的粉飾太平宣傳製作。

道聽途說的傷感

出發前也在網上查看過不少企劃女優的告白，不少人也提及工作中通常很快樂，但一停下來便會思前想後，教人憂心忡忡。其中有一人因為不想被認出來，所以只會選擇不會露出樣貌的企劃作拍攝，我登時想起與曾提及的「汁男」的境況大同小異，事實上心理關口真的不是人人均可輕易應付。

「坦白說，對單體女優的確十分羨慕，她們被拍攝的角度及構圖和我們有天壤之別，簡單來說就是漂亮得很，任何人見到都可以自誇炫耀。反之我在作品中，不過是一大群人的其中一位，尤其在集體性交的場面中，往往連自己身在何方也搞不清楚。用另一個角度看，我存在也好，我不存在也好，其實分別也不大；也可說自己對他人來說，並沒有任何必要性。」

事實上，能夠由「企劃」轉型為「單體」的例子少之又少。而且要在不存在的世界中（連自己的名字也沒有的作品），尋找自己的存在證據，又委實乃自討苦吃的一回事來。以上提及的女優則愛以剞手來平衡自己的心理，至

Wet and Messy

是戀物癖的一種表現。自九十年代後期由美國及英國流入日本，意指男性或女性把自身又或是衣物，用各式方法去弄髒，從而達致性興奮的一種性癖，傳入日本後迅即被吸納為 AV 的噱頭 —— 於是用雞蛋、污泥甚至是糞便的 Wet and Messy 系 AV 作，便因而應運而生。

於其他同行又有可出路，又或是用甚麼方法來調節，大抵便要各師各法了。

性前戀後 501

　　要問 Mew 為何要入行，大抵不少人都會大惑不解。今年 28 歲的她，原來曾是千金小姐一名。她的老家在東北地區，是數一數二的大資本家族，經營地產業，同時也插手製造業及飲食業，每月有不少政治人物在家中出出入入。她上學時自然由司機接送，家中由玄關至客廳之間，竟然有條小河，而且還建有架橋在上供人走過，最不可思議的是在鎮上的火車站旁，甚至有以她本名命名的大廈 —— 今天的 Mew 卻是業界中極受歡迎的企劃女優，而且也同時在風月場所工作，在 AV 中除了「糞便系」外，其他如逼真強姦、肛交、SM 及體內射精等，均一概可以接受，究竟她的世界為何會有翻天覆地的改變，相信不少人都引頸以待想追問下去。

　　一切由她小四時出現劇變，「忽然有一天世界便全變了，我成為一個全世界均討厭的小孩。家中的傭人一邊抱怨一邊離開，而家中一切也失去了，母親亦開始要出外工作，而黑社會分子則時常出出入入，所有過往認識來往的人卻好像於瞬間蒸發了，我亦變得進退失據。」自此之後，她每天上學均成為被凌辱的對象，沒有人會走近她身邊，所以由小學至高中畢業的期間，學校生活中竟然連一個記得名字的同學也沒有。她自言也不知道為何會被杯葛，但最深刻的印象是當有同學在走廊上碰到她，竟然喊叫「糟糕！碰上不潔的東西！」所以對 Mew 來說，學校生活的唯一盼望是讀好書，然後升上大學離開故鄉。事實上，即使到現在她在日本人每年均必定回鄉的日子如正月新年及掃墓時節等，都一概有家不歸，就是因為不想去重新勾起兒時黑暗陰影的記憶。

　　Mew 入了櫪木國立大學修讀教育學系，一旦離開故鄉，她又投進每天玩樂不停的浪蕩歲月去，或許其中可起了一重補償作用。不過即使身邊有甚多

■■ Mew 的冷靜淡然與口中的過山車人生，正好構成旁人不易理解的謎團。

■ 訪問當天 Mew 仍抱羞，但她的專業精神在脫下外衣後立即顯露出來。

肛內射精

在日本 AV 的激化追求中，極少數的作品為了滿足怪奇的觀賞癖好，於是有肛內射精的場面出現。大家都知道肛交已經成為 AV 中的一大類型，但在肛交之上再增加刺激度，便只好向肛內射精的禁忌埋手。事實上，與其說是有更大的觀賞性，倒不如表白為因為衝突了一般人的尺度極限，從而引起人的關注，因為一般而言肛內射精正是傳播愛滋病的高危性交方式。

男同學追求，但大學期間始終沒有認真交過一個男朋友，原因很簡單
── 「我不相信任何人，反正最終都會出賣妳。」有趣的是，Mew
的選擇是每天都去和一大伙人遊玩，但因為沒有哪一人特別合眼緣，
而且對性又有恐懼感，所以竟然到二十歲都仍然是處女，對一名 AV 女優來
說委實令人匪夷所思。但後來因為有不少人向她提出去做愛的要求，結果在
無可無不可的情況，終於和一名友人去了時鐘酒店，換回來的體驗是甚麼也
沒有發生似的 ── 既沒有高潮、也沒有甚麼抗拒、而且也沒有甚麼痛楚，總
之就是怎樣也可以的一種無關痛癢感受。也由此令 Mew 對男女之間的性愛關
係，產生出一種超乎常人想像的特殊看法：「新認識的男性朋友，一旦要有
進一步的密切關係，差不多一定要有性愛牽涉其中。如果拒絕對方上床的要
求，他們必然會因而疏遠自己。既然做愛不過是去忍受三十分鐘左右，就可
以換來人際之間的順暢關係，那又為何不如此呢？」坦白說，我也不太能理
解她的心情，只能說是一種比較特別的交友方式罷了。

最後得出一個意想不到的數字：Mew 的初戀結果在 26 歲的時候才出
現，對方是一名 AV 男優，而之前大約和她有性關係的男性約有五百人。紀
錄當然會繼續改寫（而提及的男友亦已分手了），不過往後的變化大抵仍會教
我們猜不透吧 ── 或許這就是 Mew 的特性。

由 OL 成為 AV 女優

香港觀眾看日本 AV，一向對由 AV 女優扮演的 OL 有莫名其妙的遐
想，而湊巧 Mew 正是一名百分百由 OL 投身入 AV 業界的真實例子。事實
上，Mew 畢業後不久便在東京一所著名的金融機構任職，在不少人眼中絕對
可說是找到一份好差事。只不過她同樣不安於位，於 24 歲的時候就離職而全
身投入 AV 界發展。

「離職表面上的導火線是因為我某天買了些禁藥回公司，我不小心又與一

名前輩説起，她是一名過分認真的人，於是立即向上司匯報，終於造成小哄動，我也因而被解僱。不過如果認真一點去看，我本來就與公司內的其他人合不來，她們的生活刻板都令人吃驚。更重要的是工作太忙，差不多由早至晚連抽根煙的閒暇也沒有，當然薪俸極高足以補償一切的損失則另作別論，然而事實上自然並非如此，所以自己心底裏或多或少都早已有點意興闌珊。」

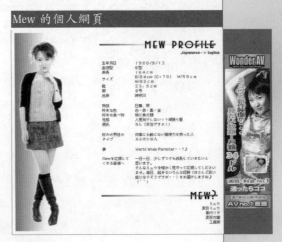

Mew 的個人網頁

MEW PROFILE
Japanese -> English

當初打算入行時，其實 Mew 甚麼人也不認識，結果她自己走去車站旁找時常出沒的 AV 星探查問，輾轉間才得以投身入業界。她強調第一次拍 AV 的經驗很重要，可以説決定了未來的人生方向。

「第一次去拍 AV 的時候，其實內心也充滿恐懼，緊張到去到現場後也想逃去。只不過拍攝開始後，想不到經驗十分愉快，我第一次拿那些旋轉的震盪器來自慰，想不到感覺十分之好，而且和男優的性交也得到高潮。加上不過拍了兩個小時，就可以得到當 OL 的一半薪俸——我一生中第一次感到這是一個很好的工作，且立志要認認真真好好幹下去。我相信如果第一次的經驗不是那麼美滿，自己一定會有其他的考慮，也未必會一直拍下去。」

是的，身邊的所有人都説 Mew 委實非常投入工作，連她的男友也曾一度提出質疑「妳真的那麼喜歡做愛嗎？」真相除了 Mew 之外，大抵沒有人可以下判語。不過在現實中，她的而且確以 AV 為家，4 年來拍過的 AV 數量不可勝數，而且每天都差不多有工開，接近終年無休的狀況，連她自己也説好像已入行了有十年之久似的。除了工作之外，其餘的時間都與 AV 的工作人員一起混，她已習慣在現場中連衣服也懶得穿，「反正都是要脱的吧」。更不

糞便學（Scatology）

Scatology 是古希臘用語，指對糞及尿的科學研究，在日本 AV 的語境中，則借用來指對糞尿的耍玩癖好，現在已成為日本 AV 激化趨向的重要表癥之一，差不多所有的 AV 生產商都會有「糞便系」的作品推出市場，可見市場的需求甚殷。

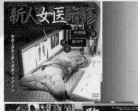

可思議的，是她仍延續大學時期驚心動魄的交友方式，總之任何一名工作人員向她提出一起往時鐘酒店的要求，她差不多都會來者不拒，情況直至交上男友後才作出改變。

　　在 AV 業界逗留的時間愈久，Mew 承認自己對性已出現麻木的反應。「脫衣與人做愛，就好像和人去吃一頓飯般平常」。現在與人約會，不經意便會說出個人的 AV 工作經歷，甚至在在流露出以此為傲的口吻。而一般人尤其是男性面對她時，與其約她去唱卡拉 OK，十個有九個均會直接問她不如去時鐘酒店好嗎？不經不覺之間，Mew 真的視 AV 女優為一生的事業了，她甚至脫離經理人公司成為 freelance 的自由女優，在卡片上也公告個人住址及住宅電話。

AV 不設防

　　和單體女優不同，企劃女優的最大特色是對性愛場面的激化接受程度，可以說絕對不可同日而語。對 Mew 來說，由浣腸到排尿，由 SM 到肛交，甚麼也難不到她，事實上她提及的男友，也是在一次拍攝雜交場面中認識到的。

　　「嚴格來說，我唯一接受不來的是『糞便系』的作品，事實上我也曾嘗試努力過。有一次，導演忽然想拍我排便的情況，並鼓勵我說一定可以做到的，結果我花了兩個小時也排不出來，自此之後便決定不會接任何與糞便有關的企劃作。對我來說，任何個別場面都是不屬最痛苦的經驗，反之是整體的疲累，在日復日、月復月的拍攝工作表中，我嘗試過差不多

整整一年沒有放假，所以人的身體也跡近到了臨界點的狀態。那才是拍 AV 最難過的一刻。」

但一切不是自己的選擇嗎？尤其是 Mew 已經是 freelancer，工作的決定安排不是應有更大的自由度嗎？「不過回頭說到 AV 業界，那其實是一競爭十分激烈的賽場。我之所以有那麼多工作，和自己百分百投入永無說不的專業工作態度有直接關係。所以一旦作出太多揀擇，工作前景就會有所改變。正因為我是以 AV 作為自己的決志職業，因此不容自己胡混下去，而且坦白說也希望可以做 AV 女優做到做不下去的地步才收山。」

所以對 Mew 來說，今時今日的另一底線就是自己的身體狀況。大家都可以想像以上的激烈性愛場面，對體能及精神上的要求是多麼嚴格，如果撐不下去，Mew 表示亦不會再勉強自己。事實上，在訪問當天 Mew 也抱病在身，一邊說話一邊卻大感冒纏身。可是當我們要她除去外衣拍攝造型照，她二話不說又回復無比專業的神色，擺出不同的姿勢供我們取影。我由衷敬佩她的專業表現，而且也可到不設防背後的精神代價。

由異態回到常態

先前提及 Mew 於前年交了人生中的第一個男友，可惜不到一年就分手了。在認真交往的時期，她提到對性事也出現了微妙的生理變化，就是在 AV 現場又或是在風月場所工作，當被對手撫摸的

時候，不知不覺間竟然會掉下淚來——或許這就是愛情的魔力。

可惜的是，由 AV 而來的愛情，似乎也難以於 AV 的環境中開花結果。Mew 坦言兩人同居後爭吵日多，而且一旦暴躁起來，便難免向負面方向胡思亂想，例如男友會批評她把工作上的性交與日常生活的混淆；而她自己也好不了多少，腦海中會想起男友與其他女優的交歡場面。「事實上，我們從認識的時候開始，便百分百清楚大家的工作是甚麼的一回事，但人仍是擺脫不了妒忌的感覺，令到我有好一陣子工作時進退失據。」

她坦承男友對自己打擊最大的一句話是：「妳這個賣春的淫婦！」Mew 表示自己也搞不清楚屬不屬於一個淫婦。而且她習慣的方法——對於複雜的事情可以不想就不想，所以不斷密集地去工作，也是一個對付問題的積極方法。事實上，她有時說在現場中被一眾陌生的男優強姦，還要按劇本所需大喊「好舒服！」，以及「射入我體內，來吧，射入我體內吧！」自己是按角色去演繹，還是誘發了體內的「淫婦」陰影浮現，大抵只有找河合隼雄來核實才可知真相。

只不過如此下去，大抵 Mew 也不大可能回到常人的生活狀況吧。我不諱言直接向她提出自己的憂心——在 AV 業界生存的時間始終有限，而愈逗留得長久，則要回歸常模的難度便更高，那麼往後的路又可以怎樣走下去？Mew 說也知道不可能回歸常人的生活，因為無論復歸任何業界，自己的 AV 女優身份都一定會或早或遲被揭破，到最後只會令自己難堪。唯

中出

指男女在性交時不用安全套，而由得男性直接把精液射進女性的陰道內，通常鏡頭會捕捉精液慢慢流出來的場面，所以名為「中出」。「中出」的出現也可說是 AV 趨向激化的表徵之一，Mew 正是一名對「中出」場面並不抗拒的女優。

一的出路是貯一筆錢，然後找一樣小生意來做。這大抵是十個中有九個 AV 女優的夢想，不過到最後有多少人實現了，又是另一個話題。到最後我想不到原來 Mew 與家人仍保持密切的聯繫，至少與父母均有說有笑，童年時的不快記憶盡量會以不提作罷的方法處理掉。不過對於她的 AV 女優身份，兩老原來一直被蒙在鼓裏。

「我從來沒有與他們作出工作上的告白，而且可以肯定地說於未來的日子也一定不會。他們一旦知道，是會去自殺的那一種人來。他們一直以為我仍在做 OL，反正大家又不是時常見面，而他們又一定不會接觸我的作品，所以也就相安無事作罷。至於其他人？一切順其自然吧。想得多又不見得問題會消失又或者解決，對嗎？」

當然對！在 AV 的世界中，當事人的選擇永遠是對的，因為沒有其他人可以為他們的身體以及未來的人生負責，而且我們更不應對他人的人生指指點點置以一詞。我衷心希望 Mew 以後會快快樂樂過日子，雖然 Mew 的同性友好對她有以下的贈言：「一直當 AV 女優下去，甚麼好事也不會出現，只會逐漸墮入不幸的深淵⋯⋯」。

探索 AV 星探的
遊戲規則

末藤為雄
的
星探入門學

星探

Scene 7

香港人對 AV 星探大抵不離兩重想像：一是來自印象式的概念，AV 星探應該是姑爺仔的變種，從事的人一定口甜舌滑，欺騙女孩是家常便飯，得手後自會把她們推落「火坑」；而且幕後自當有黑社會在操控，由 AV 出發更說不定會發展到把手上的女優帶到其他的色情事業上去云云。二是如果較為認真一點，可能有看過數年前由石岡正人導演的《池袋色情男女》(01)，其中以一雙由鄉下私奔到東京的年青男女為主角，17 歲的敦正好在因緣際會之下成為 AV 星探的一分子，而且在經歷風雨起伏中，逐漸在戲中成為一益發老練的高手。其中有乘勢交代過不少業界內的運作規則，自然也包括一些業界背後的黑幕，例如老闆會在女孩首次上辦公室便用攝影機拍下與她做愛的「試鏡」過程，然後再偷偷賣給地下 AV 製作商圖利；同行的前輩又會把後輩發掘出來的女孩子，用掩人耳目的方式據為己有；更不用說盡情展示星探在街道上以花言巧語誘使女孩上辦公室的實戰策略。

我用想像去形容，因為我們無從百分百去判斷其中的真偽 —— 身處業界的人可能為了建立正面形象，於是某程度美化了 AV 星探的工作面貌；但與此同時，行業由無人駕駛的狀態發展到今日滿街都是星探的局面（你在涉谷站的出口停駐十分鐘，便可即時感受到星探戰國時代的氣氛），它又不可能再如以往般一貫隨心所欲胡作妄為。是的，我們也在想像與現實的兩端出出入入，而這也正是切入 AV 工業的有趣鑰匙 —— 真真假假，有理也說不清。就由末藤為雄作為我們的掌匙人，去披露 AV 星探的遊戲規則吧。

AV 星探的萌生期

末藤為雄 —— 名片上的介紹是催眠誘導師、AV 導演、男優，唯一反而沒有我們最有興趣的身份在上：AV 星探。他的解釋是由十年前開始任 AV 星探，這一行其實一直存在很大的變數，而自己也往往同時背負多重身份，身份的多樣性也反過來方便了 AV 星探的工作，例如自己也參與製作自然也

■「多才多藝」的末藤，你總猜不透他還有多少百寶在藏。

■▌由「無人駕駛」
到今天的「電腦
導航」，正好可作
為 AV⁻星探發展
史的隱喻觀之。

可避免第二方的欺詐成分云云。其中錯綜複雜的關係，還是要由他來娓娓説清。

「十年前做一個 AV 星探，較現在容易得來，最主要的原因是業界的從業員少，所以大家在尋找適合的女優時，彼此的空間也相對較大。事實上，以前也沒有 AV 星探這一種工作的稱謂，一旦説起星探，一般人都會聯想到藝能界的星探，又或是活躍於體育界的星探（尤以棒球界的星探發展得最有規模）—— 所謂 AV 星探，很多時候都是一種工作上的兼職，例如有人隨口問道有沒有女孩可介紹來拍脱戲之類的搭訕，在不經意之間才正式成為一份工作。」

為了讓大家有較清楚的印象，還是先作一點背景的交代。星探在街道上的出現，大抵由 1975 年左右開始，那時候正值影視文化的起飛期，不少人都憧憬成為風靡眾人的流行明星，由山口百惠開始，小泉今日子乃至中森明菜等紅星接踵出現 ——「我要成為紅星」乃不少年青人心底裏的熱切渴望，於是所謂的模特兒俱樂部又或是藝人介紹所等經理人公司便開始應運而生。

這類經理人公司的營運方法，是派大量星探在街上物色適合的男女，然後探問他們有沒有興趣在電視上出鏡，假如對方有興趣就要先付入會金。到有工作的時候，就會找他們去做，不過由於他們全都沒有受過正式的訓練，所以可以做的工作一般來説也不過於電視節目中充當臨記，所以本質上也不過僅供人發發明星夢的中介場所而已。不少老牌的星探，其實都是由模特兒公司星探，逐步過渡至 AV 星探的角色來。當時的星探收入也算可以，剛畢業的大抵有 10 萬日元左右，若果較為專業及成熟的老手，最少每月都有 50 至 60 萬日元。不過隨着 AV 熱潮於八十年代逐漸升溫，市場上對 AV 星探的需求便開始湧現。

第一代的 AV 製作商，大部分是由出版界轉型而來，本來不少屬於出版比堅尼相集又或是裸體寫真集的公司，紛紛成為新一代的重要 AV 製作商，

如宇宙企劃及 Kuki 等都是循此路而來。當時的經理人公司分為數類:一是正派專職訓練藝人的,如著名的尊尼事務所;另一類則是普通的模特兒公司,主要走以泳衣工作為主要業務的性感藝人路線,如以 C.C.Girls 及山口麻利亞為皇牌殺手的 Yellow Cab;最後就是剛才提及以供應臨記為主,低一檔次的所謂模特兒俱樂部。以上所有均擁有正式的商業牌照,得到日本勞動省的認可。但自從 AV 業開始蓬勃後,新一代的模特兒俱樂部便開始出現,而它們大多沒有勞動省的認可,而實際上的工作就是為 AV 生產商尋找合適的女優 —— 第一代的 AV 星探,正是由此而來。

沒有黑社會的世界?

對於先前提及黑社會充斥的印象,我自己在搜集資料時也略有所聞,在 AV 業界有一名詞為「鑲嵌管理」(hamekanri),意思是把所屬的 AV 女優,用嚴密的監控方式規管,透過以性來控制旗下的女優;最過分的時候,甚至會用暴力去強迫女優出演作品。據說這種「管理」方式,首先是以談情的方法去取得女孩的信任,在第一個月內更絕不會與目標對象發生性關係,直至對方認為男方是希望認真交往時,在驗明正身後,更乘着女孩已經慾火焚身之際,才會道出「不如拍錄影帶吧!」的要求,結果往往可以利用手提攝影機完成紀錄片風格的 AV 作品,然後再進一步安排「女優」拍更激化的其他 AV(如雜交等)。在這類不講道義的低級 AV 事務所中,背後往往有黑社會背景,而且社內的男女關係又極為混亂,可以說是不光彩的風景一面。

不過末藤為雄則認為現在業界應該不再存在以上的「管理」方法,因為一旦以此運作,事務所隨時會付出更沉重的代價。

「在我的印象之中,採用『鑲嵌管理』的經理人公司,應該不屬於 AV 系的。事實上,現在的星探名目上五花八門,各類型都有,良莠不齊的情況肯定存在,以上情況大抵在『風俗星探』(即以搜索於色情場所內服務的女性的

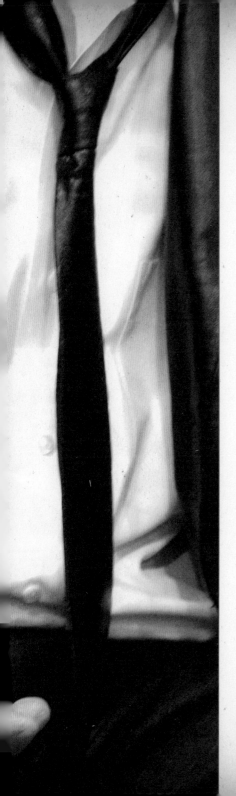

星探）的範疇內存在機會較大。為何 AV 星探不會如此？因為犯不着！拍 AV 一定要女優自願，否則到現場拍攝時，她一旦表現不肯合作，作為星探的經理人角色便會惹上麻煩，搞不好還要賠償道歉。即使女優被強迫上場拍攝，一旦她諸多顧忌，出來的效果也肯定欠佳。現在的 AV 業界已去到白熱化的競爭階段，事實上再沒有人會容忍任何非專業的表現，不全情投入的女優根本無處容身，何況所謂被迫而來不甘不願的『女優』。更重要的，是大部分的 AV 生產商都已屬按正當手續，擁有牌照作合法經營的常規公司，沒有人會願意為一名女優而負上法律上的風險。一旦發覺星探提供的女優有不正常的情況，自然會中止拍攝，免得公司一同犯上官非，惹上刑事責任，所以我認為『鑲嵌管理』在今天的 AV 星探業界中，應該沒有存在的空間。」

只不過剛才提及星探與所發掘出來的女優之間的密切關係，似乎又不太罕見。曾經有 AV 星探的老前輩，在自己的回憶錄中，提到有一段頗長的日子，與一起當星探的手足混作一團，甚至會與親手發掘的女孩同住同居，最後形成了一種公社式的生活狀況。大家有工作就去做，完事後一起嬉戲作樂尋歡，集體公寓內雖然不至於成為雜交場所，但任何一對男女都會隨時媾合尋歡，而整體間又沒有任何的嫉妒之情，似乎成了一個性解放的自由樂園。驟耳聽聞，還會以為美式六、七十年代的性解放熱潮文化，在日本的異地中得到移植長根的再生。

「和自己發掘的女孩發生關係？那其實是極不專業的做法，而且最後吃虧的一定是自己。為甚麼？作為一個 AV 星探，女優就是他的生財工具，也是事業的標誌基礎。你提及的柴娃娃雜居狀態，或許在早期 AV 業界一切仍未上軌道時還偶會出現，但在現今的生態下根本不容發生，因為經理人公司肯定會干預。再者，計一計數就知道誰是吃虧的人？一名星探平均向一百人攀談，而得到回應的不到一成人；而其中肯到咖啡店坐下來談談的，大抵五、六人中只有一人；最後肯真正拍 AV 的，平均在十個去咖啡店進一步商談

的，會有一個成事吧 —— 所以你可以看到要找一名 AV 女優，事實上一點也不容易。一般的 AV 星探，一年內發掘到三名女優已經算有很不俗的成績。你可以想想：費了那麼大的力氣，找回來的女優，自己又怎會任意妄為，去冒把個人事業搗亂破毀的風險？」

星探有苦自己知

當然在 AV 的黃金時期，星探一旦發掘到一名單體女優，生活條件亦會立即得到改善。在八十年代末期至九十年代初期，AV 業界吹起一切向好的錯覺，不少經理人公司每月都接上十齣、八齣的製作要求，通常兩日一夜便可以完成拍攝過程，晚上收工後星探與製作隊的工作人員便以賭博消遣，好像可以很輕鬆愉快便可以賺取金錢。部分經理人公司據說更常備大量現金，一大疊的日鈔就隨意放在茶几上，隨時預備用來支付各式的開支——是的，當單體女優的身價，一齣可以由一百萬去到三百萬日元不等，又真的很難教人不染上奢侈的生活習慣。

只是花無百日紅，星探背負的辛酸又不是很多人留意到，又或是有心去留意其中的故事。先不要說現在的工作環境益發惡劣，「今年政府已經宣佈了會對星探作更嚴格的規管，未來日子可以想像到生存空間更加狹窄。另一方面，由於東京都內已經有太多 AV 星探存在，即使大家各有地盤所屬，然而可以發掘到合適女優的機會可說愈來愈少。事實上，和其他類型的星探比較，AV 星探的難度還可以說更高。為甚麼？舉例來說，一個『風俗星探』去搜尋女孩時，可以從不同的條件入手，例如童顏可以，身材出眾的又可以，而不用一定作各方面的整體配合 —— 始終不過為風月場所提供多一名女郎供客人選擇，所以彈性及要求自然不會去到最頂級。相對來說，拍 AV 如果沒有樣貌，效果一定大打折扣，而且身材又不可能缺少，綜合而言就是要有各方面條件的配合才可以。事實上，目前不少同業已經把星探的範圍作大

■■實戰檢閱是最佳
的說明，末藤示範
在新宿街頭「探星」
的工作。

幅度的擴散，以我們公司為例，基本上已放棄了在東京都內發掘的考慮 ——
通常已在千葉縣、埼玉縣等地着手，最近也會去到橫濱又或是大宮等地。不
過你千萬不要以為離開了東京都內就會輕鬆得多，現在你去大宮看看，一出
車站同樣早已佈滿各式星探，相信你就會知道生活有幾艱難。」

至於星探最痛的情況，反而是一直被社會以狼來相看，可惜骨子裏卻是
無力頑抗的羔羊一頭，一切有苦自己知，盡在不言中。

「很多人都以為星探專門去欺騙他人，事實上被反過來欺騙的機會還多一
點。最普遍的情況是有不少女孩，最初表示願意拍 AV 後，第一時間便會向
你借錢，然後表示在拍完 AV 後再於工酬中扣回，很多時候星探為了留人都
會願意借出，結果錢一出手，人便去如黃鶴，淪落至人財兩失。現在有部分
星探更會遠赴北海道及九州等地發掘女優，本身要為她們張羅在東京的起居
飲食，已需要額外的成本，一旦遇上以上提及的逃走情況，便肯定血本無
歸，傷亡慘重。

「而且這一行基本上對星探以及經理人公司全無保障，舉例來說，去到現
場後如果女優發脾氣又或是忽然退縮，即使所有人包括攝製隊方面的成員也
認為是女孩的過錯，但最終的責任一定回到經理人公司身上 —— 怪只怪星探
的眼光低劣，有眼無珠，沒有帶眼識人。假如女優真的不肯拍，一切因毀約
而產生的經濟賠償，都是由經理人公司承擔，所以星探的工作一點也不易
做。

「當然有人會問：和女優不是有合約規管雙方的法律責任嗎？她毀約不是
可以循法律渠道向她追討損失嗎？我只可以說法律歸法律，但或許因為 AV
星探一向給人的印象欠佳，一旦去到法庭，吃虧的往往始終是我們。因為拍
AV 的不少是剛滿十八歲的女孩，即使她在合約上簽了名字，但也可以辯稱
被星探連哄帶騙誘使下才簽上。事實上，不少少女都是因貪錢而入行，而星
探在入行前已表明今時今日很難再瞞天過海，因為各 AV 公司為了宣傳產

品，完成後的 AV 一定會盡量與相關媒體合作宣傳，所以很難要求他人不知
道自己拍過 AV。但很多少女仍心存僥倖，又想賺快錢，又不想家人以及朋
友得知，於是一直自欺欺人，到頭來一旦敗露了事實，為求自保及向家人交
代，往往就會扮作被欺騙的小羔羊，把責任一股腦兒推到星探身上，以求保
存個人的清白之軀 —— 她們的狡猾絕非你所能猜度的。

「而且合約上有大量的專業名詞，對於十八歲的少女來說，不明所以也是
情有可原的事。即使現實中星探已作了充分及詳細的說明，但法官往往會考
慮到少女入世未深的一面，而把責任推到星探身上。所以簡單說來，就是腹

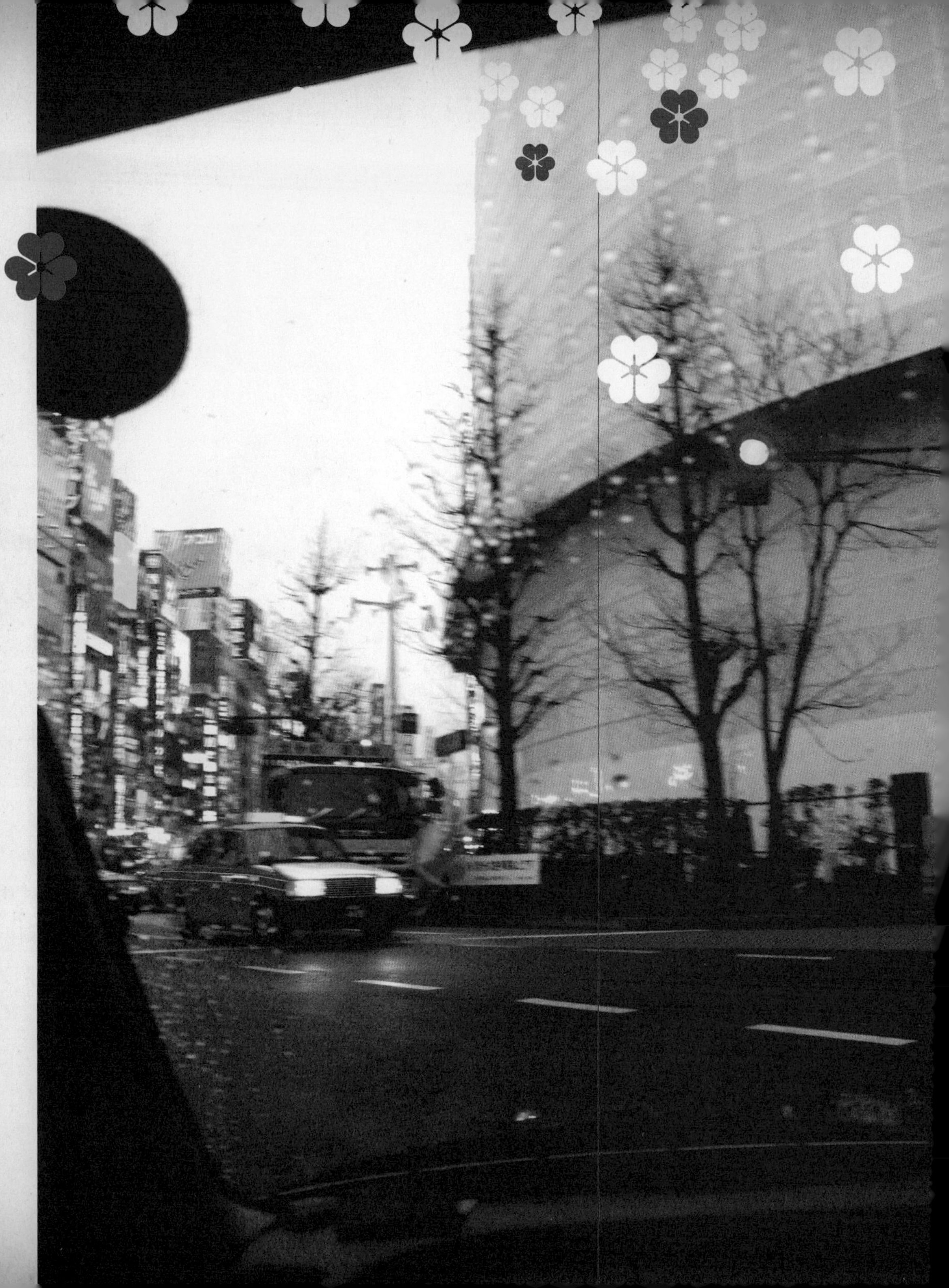

背受敵：少女要翻臉不認人固然無法制裁，而且法律上又對我們有偏見，用一句總結就是有苦自己知。」

坦白說，末藤為雄的剖析正好道破了我心底裏多年的困惑 —— 一直以來，我對創作人處理少女墮入色情陷阱的素材，往往都甚感彆扭，因為處理手法大抵十年如一天，往往僅針對社會如何出現不同形式的誘惑，然後令少女誤入迷途，簡言之就是以泛社工的救世主角度去簡化問題。由港產的靚妹仔到老泥妹，到日產的「援助交際」又或是「Call Girls」，世間總不脫以上的社會誘惑論角度 —— 對我來說，那不如看成為成年人自療式的告解手段，待告解過後，他們又可以快快樂樂回到人間「犯罪」去了，而一切和現實真相並無直接關係。我印象最深刻的是末藤認為現今的少女狡猾得你不能相信，如果現實中的社會真的存在千瘡百孔的色情陷阱，那麼《池袋色情男女》可奈的角色已清楚告訴我們：從中混水摸魚的其實有不少正是少女自身，她們絕不是受害者，反而屬於施害者的角色。那才是末藤告訴我們現實中黑暗面的另一真相。

是的，綜合而言，當一名 AV 星探所得的委實不多。另一名 AV 星探表示作為一份工作，它的而且確令人失去了應有的社會地位，因為世人的眼光始終認為 AV 星探是一群專門欺騙少女的混蛋來！實際上除了行內人自身以外，根本沒有甚麼人知道及了解 AV 星探的工作情況。只不過他亦表示，在工作中最大的得着是人際關係網絡的建立，與一名在大公司工作的上班族對照為例，當知道後者的公司所屬，在一句「真了不起！」後大抵便可以中止話題；相對而言，作為一名 AV 星探，無論所見所聞都會是注目焦點，其中的意義正好要由個人去作自發的追尋，沒有其他人可以代為決定。

在事事都在講求專業化的今天，他們的訴求也屬於自然而然的遊戲規則，我想。

全身AV人

鈴木義明

星探

Scene 8

　　實在想不出用甚麼稱謂冠諸鈴木義明身上更合適 ——
——「全身 AV 人」，因為他本身就是一本活生生的 AV
人肉字典。他被尊稱為日本 AV 星探的元祖，早於七十
年代初已經在涉谷一帶以星探的身份出沒往來，而且直
到今天仍保留在街道上閒逛與美女搭訕的搜索樂趣。他
曾經營 AV 女優的經理人公司「Smash」，以社長身份育
成了不少著名女優，如當年的早稻田大學生 AV 女優杉
田薰、巨乳娘立原友香、史上最強的淫亂女優豐丸、長
期受歡迎的樹真里子，以及成為頂級皇牌的小室友理 —— 現在公司易名為
「Blood Man Office」，但仍然盤踞於根據地涉谷而不變。

　　鈴木義明的座右銘據說就是坦白從寬，所以他從來沒有美化自己工作的
企圖，劈頭便表示自己從事的屬「鹹濕佬工業」，而對在辦公室中來來往往的
小室友理更毫不避忌直言「她是我的錢包」。我實在很喜歡他的快人快語，因
為他強調從來不會提供遙不可及的夢想予做白日夢的人，「試想想上來的少
女，既不懂得演戲，歌藝又不成，而她竟說想當明星 —— 坦白說在現今的苛
刻時世下，連一個臨記的位置都容不下她！我只會說真說話。質素好的便會
慢慢培育為單體女優，不然的話就只有成為按每次工作的難度而收費的企劃
女優，工酬由十萬至數十萬日元不等。」如果少女至此仍沒有心灰意冷，而
且又沒有被這位典型黑社會外貌的社長嚇怕的話，那麼一連串的商業守則訓
話還會陸續而來。「收到的酬金會由妳與公司對分，這是行規，不信妳可以
再問問他人。不要以為我在謀取暴利，妳看看公司的燈油火蠟，每一樣都無
錢不行，而且有時也要照顧妳們的起居飲食，充充排場的情況間中也免不
了。不過妳也不用灰心，以為自己一世要當企劃女優，現在妳仍未收身，腰
肢又太粗，待多拍幾齣後，一旦上力就可以看看有沒有機會作單體女優的轉
型嘗試⋯⋯」大家覺得如何，如果妳是他游說對象，又會有何反應？無論你

■■當年的 AV
星探始祖,今
天在涉谷街頭
不免有點格格
不入。

人妻的選擇

事實上，當日本已進入極為富
庶的後資本主義社會後，各種
不可思議的可能性均可謂層出
不窮。例如人妻固然已是 AV
體系中的一大固定類型，而且
投身的真實例子更加源源不
絕。現在由於資訊發達，任何
人妻都可説能夠很容易便參與
到 AV 的製作，現在連不少的
兼職雜誌，都會有刊登徵求人
妻拍 AV 的廣告，只要填好申
請表格，便可以等待面試的機
會，甚至有不少人會自動請纓
往經理人公司要求聘用。有趣
的是，不少人妻都有意料之外

的答案為何，都不會影響他給人的印象：誠實可靠、開門見山、令人有自知之明 —— 他的另一名言是：我經營的或許是二流公司，不過也屬二流中的一第流檔次，而且決不與三流的混同合流。確定自己的定位，大抵是人生在世要站穩陣腳的不二法門。

成於星探，敗在雀局

作為 AV 星探的元祖人馬，自然並非浪得虛名之輩。鈴木義明回歸過去在涉谷街頭奔走二十多年的歷史，絕對感受良多，最教人想不到的是當星探的日子，也是最快樂的青蔥歲月。

「當初開始去做星探，其實也不過抱着玩一玩的心態。本來正在雀館打工，但工作時間長，人工又低，所以見到廣告請人做星探，於是就鼓起勇氣去試一試。最初也茫無頭緒，不過後來便逐漸找到成功模式。那時候的女孩子不如現在的開放，事實上被陌生男子在街道上截停搭訕，往往都有彆扭的感覺。唯一令她們可以放鬆心情的方法，就是由合她們心水的人上去攀談。所以在事務所內，我們一組星探均各司其職，我只會向直髮、斯斯文文，看上去如大學生又或是 OL 模樣的女生下手；而有伙伴則專攻寂寞人妻式的熟女；亦有人會集中找來貌似淫亂開放的情色女子 —— 總之大家同心協力，完成任務。而且早期遇上的女子和現在的不同，通常與星探的關係均十分密切，也可以說極為依賴星探，甚至有時候住在一起的情況都會出現。一伙年青人長時間一起，又怎會不嬉玩耍樂，所以亦是快樂不已的青春日子。」

事實上，鈴木義明的妻子也是用大同小異的方式結識回來，最初是在涉

的拍 AV 理由。有一位 24 歲的人妻便明言與先生相處愉快，而且經濟無憂，又未有孩子，可以充分享受到兩人世界的樂趣。唯一的缺憾不過是性口味與先生不同，她喜歡被「穢物」包圍弄髒，從中可以得到無限的性高潮，於是便到 AV 公司應徵，希望演出相關作品，以求滿足個人的性癖好。是的，現在已不是三餐一宿可以撫平一切的年代，縱使日本的男人曾經如何大男人，大抵都要面對人妻選擇的最新邏輯。

谷的西武百貨店門口「發掘」出太太，當時她在一所著名酒店出任 OL。兩人認識後頗為投契，輾轉間已搬到附近的地區成為近鄰，而且彼此也認定對方是真命天子，可惜感情亦因鈴木的背景而出現重重阻礙。

「本來在千葉縣的流山都已看上了房子，也打算開始供款，豈料在辦理手續時遇上她的親戚，剛巧對方是當地的警官，也因而暴露了我倆的同居關係。而他又去調查我的底蘊，發現我曾因藏有武器而留有案底，所以令到她的家人對我極為反感。」

在無計可施之下，鈴木義明唯有向女友攤牌，「我要娶的是妳，而不是妳的家人，如果解決不來，那麼不結婚也吧。」而女友的回應是一年的冷靜期，更有趣的是當時鈴木正為篠山紀信的《激寫》影集，負責尋找裸體模特兒，結果女友竟然要求在「引退」前找篠山紀信拍下裸體寫真。鈴木終於懷着複雜的心情完成了她的要求，結果在1985 年，好事終於降臨 —— 兩人最終得以正式成婚。

本來以為千辛萬苦才得到的美人，一定可以有大團圓的結局，可惜世事就是如此諷刺，結婚後的鈴木事業蒸蒸日上，根本無從每天往復於流山及涉谷的兩端，逐漸由一星期回家兩次，變成回家一次，甚或更疏落。由於不用回家，鈴木於在雀館打工時的惡習又回來了：就是喜歡流連雀館，而且往往徹夜長駐，既把時間也把金錢遺留在其中。

AV 導演小路谷秀樹回憶曾去過鈴木於流山的家探訪，發覺「他太太一見到我們便上了樓上，然後再不下來，而且他們兩人好像連視線都沒有碰觸過，我們從旁猜想都知道情況並不樂觀。」

結果在一個晴朗的早晨，當鈴木打完通宵雀戰而回到家後，他發現太太已經把一紙離婚協議書放在桌上，「不後悔？」「絕不！」在得到太太肯定的表態後，鈴木在協議書上按上印鑑，然後在起床的時候，太太已經不見了影蹤。

痴女熱潮

曾幾何時，九十年代中期泛起一浪痴女熱潮，令到經理人公司要找適合的女優也頗為費煞思量。「痴女物」是 95 年 AV 業界的流行語，其實所謂的痴女也是從死語「淫亂」中復生而已，當時媒體興起一股性解放的熱潮，連小説家如村上龍及山田詠美都寫下一本接一本對性含露骨描寫的作品，自然起了趨波助瀾作用。所謂痴女是指由女性反客為主，來導引男方進極樂世界，最初以南智子最為著名，她的地位就有如

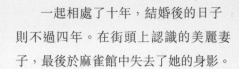

一起相處了十年，結婚後的日子
則不過四年。在街頭上認識的美麗妻
子，最後於麻雀館中失去了她的身影。

AV 女優經理人

婚姻失敗後，鈴木義明又再全情投入 AV
業界中，成為不少重要女優的經理人，其中不
可不提的首推與豐丸的合作歲月。鈴木義明本來
手頭上的女優已有前原祐子及藤澤麻里，但當一
與豐丸遇上後，便知道她絕非池中物。

豐丸本來的藝名是甲斐尤里加，鈴木義明憶述初
見面便充分感受到她的直率可愛。「3P 可不可以？」「把五條陽具集中在一
起，然後拍攝口交場面可不可以？」一般而言，大部分初見面的女優都會說
不，但豐丸則一句到尾不變：「好呀！」甚至連把「異物」放進陰道也毫不
介意，於是出道之後不久，甲斐尤里加的名字便成為了淫亂派女優的代言
人。

甲斐尤里加的必殺伎，是一邊把不同類型的蔬果放進自己的陰道，先由
小型的提子或士多啤梨開始，後來逐漸激化至龐然大物如紅蘿蔔及白蘿蔔

男優中的加藤鷹般，於是如把
手指插進男方肛門內增加快感
等招數，也是由當時所奠基下
來。不過要成為痴女除了有逼
真的演技外，亦要有個人獨到
的想像力，才可以令人留下深
刻印象，所以成功的女優並不
算多。較為著名是 Free Vision
公司製作的一系列相關作品，
如《痴女　異常性欲之女》及
《真性痴女》系列作等，其中
又以吉原秀一導演最精於拍此
系列的作品。

等，後來更把不少「漬物」（即我們的醃菜），在陰道內混和「汁液」後，再放入口內大快朵頤 —— 說起來即使以今天的尺度來看，她也肯定可在淫亂派的名目中穩佔大姐大的位置之一。

事實上，那時候也是日本電視台於深夜時段競相爭逐收視率的時期，如日本電視台的《11PM》就是一個人氣節目，時常找來 AV 女優上來作清談閒聊，而甲斐尤里加公然聲稱「用白蘿蔔放進去感覺真好！」，委實令電視機前的觀眾耳目一新。後來連主持人也馬失前蹄，竟然在電視機前直接說了甲斐尤里加的真名來：「豐丸，妳真的不簡單！」後來她的真名反而不脛而走，更因而成為了拍 AV 時用的名字，反而先前的甲斐尤里加便擱置不用。

「豐丸很清楚自己在做甚麼，這一點在 AV 業界中很重要。她知道 AV 是一門怎麼樣的行業，所以每次露面一定滿足觀眾的期待，即使參與一個普通的派對，她亦會忽然之間把一雙巨乳拋出來製造驚喜，實在令人措手不及，我認為她的專業態度非常值得學習。」

當時由豐丸和黑木香合作演出的《通宵富士》，更加把兩人的知名度推至新高，AV 女優也是由那時起，開始出現社會地位上的微妙變化，簡言之她們都可以成為社會上的知名人士。

「我最深刻的印象，是有一次和豐丸去海外旅行，在成田機場遇上一大批高中生，他們都在雀躍大叫：『豐丸呀！』我唯有答應給十分鐘他們，來拍

幸福結婚生活否定主義

原來不僅 AV 業界的工作者難有美滿的婚姻生活，連相關媒體如 AV 雜誌等的出版界，同樣在現實中遇上婚姻多破裂的問題，有業界中人形容行內絕不會恭喜他人成婚，因為通常都會悲劇收場。有 AV 作家經過細緻去分析上千的 AV 作後，得出結論：日本 AV 原來是抱持「幸福結婚生活否定主義」—— 顧名思義，就是認為世上沒有幸福的婚姻生活，於是不少 AV 作都是從男女某一方對欲求不滿開始，而去展開性冒險的追尋，看來或多或少都有創作人自身的心理投射作用在其中。

一些紀念相片。想不到十分鐘內，竟然前前後後有上二百人來要求拍照，而且連女生及老師都毫不抗拒，而豐丸自然也很高興和他們混在一起。我在那一刻才明確感受到：時代真的變了。」

後來豐丸引退後，在六本木出任媽媽生，現在已經是一位主婦，還生育了自己的孩子，這就是傳奇女優的人生轉化 —— 鈴木義明正好在旁見證一切。

社長的尊嚴

離開了 AV 女優經理人的工作後，鈴木義明迅即開啟了自己的公司，並正式以社長的身份打天下。他之所以為人津津樂道，其中一個重要原因，是凡事不僅從金錢着眼，很多時候都會代入女優的角度去為她們設想，也因而特別得到不少女優的信任，其中一個好例子是與樹真里子的合作。樹真理子是長期的 AV 女王，而且她與男優之王的加藤鷹又曾一度同居生活，兩人成為 AV 業界中的羅密歐與茱麗葉，自然是萬千 AV 狂迷心目中的經典人物。

「她本來屬於另一間公司，最初為《GORO》拍激寫系列的寫真而出道，後來以『青木朗子』的藝名，在村西透的「Diamond 映像」旗下拍出四齣作品，然後便以不開心為由而宣佈引退。那時候我覺得奇怪，以她的質素其實大有可為，如果可以好好培養，絕對可以成為千百萬元的上等材料。於是經打探下，才知道她的公司一直以一作約 80 萬日元的價錢接戲，而且又不斷要拍現場的打真軍作，令她感到意興闌珊。這個價錢不過是『企劃單體女優』的級數，和她的實力不符，所以我大膽與她聯絡，表明會為她的權利而戰！」

結果在一輪交涉下，樹真理子終於可以移籍至鈴木義明的麾下。為了先安撫她的情緒，他安排的首項工作竟然不是 AV，而是到泰國拍寫真集 —— 樹真理子也由衷感到自己的感受得到真正的重視，於是逐漸全情投入信任鈴木的安排。鈴木義明的策略是推掉一切 B 級製作，只為樹真理子接大型 AV 製作公司的作品，於是陸續拍下不少 AV 迷傳誦的代表作，如 SAMM 的

《那個變態女子》，結果在按部就班的進展下，樹真理子終於爬上了一作三百萬日元報酬的頂級身價！

　　除了樹真理子的例子，鈴木義明對小室友理的照顧也可以説是不離不棄。「初入行的女孩，始終年紀小，情緒上及感情上一定容易會在反覆，小室也不例外，公司也因此而吃過一點苦頭。但話得説回來，『SMASH』也因為她的緣故，令到業績每月由五百萬再攀上一千萬再不斷上揚，所以其中的關係不是三言兩語可以説清。而小室本身也有很強的專業態度，當她一開始重視個人的名聲，而且珍惜支持者的反應，一切便會出現生命力來，令人活力澎湃。」

　　不過他也坦言經營「SMASH」毫不容易，「在 AV 業界中，要發掘出一個受歡迎的單體女優，實在可遇不可求。但公司不可能永遠依賴一人存活，所以保持一貫的穩定業績非常重要，所以嚴格來說「SMASH」也逐漸轉型為『企劃單體』的女優事務所之一，以發掘及代理每作片酬在數十萬上下的『企劃單體』為主要事業，希望可以延續到公司的生命下去。」

要人情還是要金錢

　　我想不同的女優對鈴木義明的好印象絕非偶然，事實上我們一行三人，在星期日來到日本後，下機後便馬不停蹄來到涉谷去採訪鈴木義明。星期天的「Blood Man Office」不免冷清空洞，但社長仍然殷勤招呼我們，而且對於

我們於假日中的冒昧打擾絕不介意。在鈴木義明從不修飾的實話實說風尚中，我可以看到上一代一切以人情為重的交往習慣，可惜這一點在今時今日的社會中不知會否反而成為了他的絆腳石。

　　在其他的資料中，我看到有 AV 業界的同行對鈴木義明有以下的評價：他，他已經落後於時代了，還執着於甚麼育成女優的神話，現在一切最重要的就是金錢，AV 作品就是能換錢的媒體，一切均要實事求是去進行。

　　我不知道人情與金錢是不是勢不兩立，但看到小室友理與他保持的良好關係，又不禁對 AV 人生多了一點憧憬 —— 是的，那都不過是行業的一種，用甚麼方法及態度去從事也因人而異，鈴木義明的古道人情或許不可以為他帶來榮華富貴，但換回來的我們這些一時一刻的旁觀過路人，又怎能夠說得清呢？

點精成金
男優有價

加藤鷹
、
向井朱古力波
說到
中井順

男優

Scene 9

如果說 AV 是一個殘忍的世界，大抵在過氣女優身上還不算是最佳的說明，因為她仍可以選擇離場，又或是繼續以熟女的形象打滾下去。只是男優？他們又如何呢？是的，即使以下的受訪男優有人說想做到不舉才退下，但事實上業界難道有人會容忍你的不舉嗎？還有一個殘酷的現實：AV 的單體女優身價動輒可去到一作三百萬日元，但 AV 男優的身價又如何？正如在訪問 AV 導演日比野正明時披露，以「汁男」的身價來計算，他們是以逐次射精來計算收入，每一發不過得數千日元的酬勞；至於頂級男優又如何？據向井朱古力波的自白，自從開始成為有名堂的專業 AV 男優後，身價可以去到一作三萬元左右，而至頂級的則大約五至六萬元。這個價錢連一個 AV 企劃女優都不如，如果有平等機會委員會，大抵會有不少人為他們出頭呼冤。

性技法師的身份

正因為 AV 男優的前路艱苦，所以即使聲名如何高漲，但一切得來的仍是真真正正的辛苦血汗錢，如何分散投資？他們往往會利用名聲來化身成為性技大師，去設館開班又或是著書立說，來調教以及訓練他人的性技。其中最著名的當然是被譽為「AV 之神」的加藤鷹 ——「神」的名字由來，主要是指他可以誘導對手昇天，從而體會到前所未有的終極快感，這就是 AV 業界中的至高傳說。

事實上，他對性技的重要性，的而且確又別有一番體會。在他的《秘技傳授》中，我們可以看成為一本性愛技巧 101 自學手冊，大家按圖索驥去學習相關知識，例如可以怎樣訓練到女性可以「潮吹」；又如接吻及愛撫時要注意的部位有「副乳」，甚至連口內原來也有三個 G 點云云；至於插入時更

Irrumatio

AV 界專業用語，在芸芸男優愛用的招式中，Irrumatio 是其中一常用的「技藝」。所謂 Irrumatio，其實是口交的一種，形式上與「吹簫」大同小異，不過主動權掌握在男方身上，他會用腰肢把生殖器衝擊女方的口部，並且用力按實女方的頭部，從而達致興奮而射精。除了令對方有受屈辱的感覺外，有時甚至會產生暴力的場面。和提及「吹簫」的女性主義化不同，Irrumatio 百分百是男權至上的 AV 表現形式之一。

有「三淺一深」及「全程深入」的不同
變奏，更重要是大師強調一插入後就要
誓不出來；最後原來肛交中同樣要知道
G 點何在等等，以下一切都是書上課
節的一部分而已。只是在實用性的解說
後，加藤鷹明確告知我們：他絕非一個
指頭大師又或是舌頭大師那麼簡單，其
實正職身份應該是一個大學校外心理學
系的高級講師！

「性愛其實是人際間溝通的凝聚壓
縮表現。用嚴苛一點的說法，如果你不
能令女方在性愛上得到滿足，那不僅是
性技上的問題，而且會成為日常生活中
所有的人際關係問題。性愛上得不到滿足，煩惱會積壓在心，然後會反過來
轉化成生活上的種種其他煩憂。最嚴重的情況：和上司的關係欠佳、身邊的
親友減少，與家人的關係惡劣 …… 一切都可以由性失衡開始。」

我不知道其他男性在接受加藤鷹大師的教誨後有何反應，自己則傾向形
成精神上的不舉居多 —— 而不是激起積極學習性技的衝動。不過加藤鷹用的
反高潮策略還不僅止於此，因為他的學說到頭來強調的原來頗具禪味 —— 以
無法御有法：「性愛不是關於技巧的，而是關於心理的」，這才是大師的醒世
良言。

「那些日本的狂迷（Otaku）其實問題最大，一直把腦中的既定印象投射
到虛擬的對象上，即使眼前遇到真正赤裸相對的女體，也只會限於利用過去
又或是既定的經驗去重複性戲，一定不能令到雙方有所提升。而我，首先會
去了解對方現在的心境，簡言之就是去捕捉對方的人生哲學。透過理解背後

的脈絡，然後再用恰當的方法令女方濕潤起來。對男方來說，每一場性愛就是一次冒險，要達到好效果，首先要令女方放鬆心情，打開心扉，兩人才可以透過不同的遊戲去探索極樂的世界。所以一切的性技都不過是工具，就好像電視台上的不同頻道，當對方在看第二台時，你便要調教台號，直至和對方配合為止。你具備的頻道愈多，自然可以和對方磨合的機會也較大，但那是第二階段，首先仍是要處理好心理上的層面，台號的調教才會在其後發揮作用。」

我一直都認為加藤鷹大師於外形上，與香港的陳惠敏大哥頗有相似之處。但無論大師也好，大哥也好，背後都有一番漫長的實戰體會，才得以融會貫通成為導己導人的專業教化。

向井朱古力波的進化論

較加藤鷹大師稍晚出道的，還有香港人絕不陌生的向井朱古力波。在自傳《Naked Man》中，他解釋道「朱古力波」是藝名，原名是向山裕；而

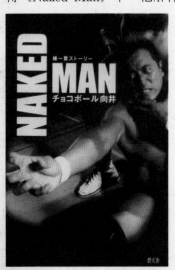

「朱古力波」的由來，與他一身占銅色的皮膚有關，那其實話來說長，是由他在色情場所工作打滾有關的。在《瘦身男女》中，鄭秀文與他的一段戲，相信都可以成為不俗的輕鬆場面。不過在現實中，「朱古力波」要打出頭來，過程其實一點也不簡單。他本來是因為想成為職業的摔跤手而來到東京的，但因為生活困頓，加上事事不如意，於是便毅然去色情場所應徵工作，他自言都有一定的自暴自棄成分。

「一方面是因為待遇好，在色情場所工

作有三十萬的月薪，而且又包膳食，又有宿舍，絕對是一份優差。何況自從來到東京後，一直過著貧困的生活，而且達成摔跤手的夢想又遙遙無期，所以對自己説不如試一試吧。」

由於工作清閒，他在百無聊賴下，開始了去曬太陽燈的習慣。想不到卻成為了他的撒手鐧。「自從我開始曬燈後，那些夜總會女郎便開始時常來與我搭訕，大家都在稱讚我的膚色有型有款，加上我因為一向有練習摔跤，所以體型一向魁梧，自從才對個人的魅力信心大為改觀。」

後來他輾轉看到雜誌上招募 AV 男優的素人廣告，因為對自己的胴體充滿自信，於是也毅然應徵一試，而且到現場後，他的出眾身型立即把其他應徵者比下去，更重要的竟然是：他第一次拍 AV 的對手竟然是大名鼎鼎的樹真理子！那一次的報酬不過一萬元，不過對「朱古力波」而言卻是一次文化大革命：既可和絕色及心儀的美女共渡銷魂，而且又可以令更多人認同及肯定自己 —— 從此他便認定了以 AV 男優為個人的事業。

五萬元男優的秘技

自從「朱古力波」出道後不久，便開始有人邀約他成為專業的 AV 男優 —— 當然首要條件是可以有穩定的收入。由於他的表現出色，找他拍 AV 的公司愈來愈多，由一個月拍四、五齣再逐步上揚，直至去到每月約二十齣左右為止。而且每作的薪酬也逐漸飆升，終於去到 AV 男優的頂級價錢 —— 一作約五萬元的酬金。

當然收得這個價錢，自然也有相應的「義務」—— 除了身型及膚色上的優勢外，更重要的是他發掘出一個具個人風格的交合姿態，令觀眾在影象上對他的印象更加深刻 —— 那就是「車站便當」體位！

所謂「車站便當」體位，話來説長：本來傳聞在昭和末年有一雙在車站

Gokkun

AV 界專業用語，指在 AV 中把男性的精液盡吞，一滴不剩。拍 Gokkun 場面，通常會匯集一大批「汁男」（上二、三十人），然後要他們把精液射入容器中，然後由女優一口乾盡。又或是把主體逆轉，從女優的角度出發，由她來主導吹簫的場面，然後逐一把不同男優的生殖器吹至射精且吞乾精液，以「擊倒」最多男優的為勝。現在據聞在日本的風俗界中，如一些「Image Club」（指以穿上不同服飾扮演特定形象的色情場所）中都有相若的玩意提供。

經營便當店舖的夫妻，每天均辛勤工作，由於時常站立工作，所以晚上回家後交歡，男方也喜歡先把妻子抱起來，再把下半身交合在一起，然後再在家中以走來走去的方式做愛。後來丈夫因急病而離世，剩下獨守空房的妻子卻寂寞難耐，一次偶然的機會給她看到 AV 作品，靈機一動想起或許只有片中的男優才可以給自己慰藉。自己竟然就此上東京找負責拍攝 AV 的公司查問 —— 找到的那人正是「Diamond 映像」的村西透，於是正好以手搖攝影機的實錄方式把「車站便當」的故事拍下來。自此之後，「車站便當」體位的稱號在 AV 業界內便不脛而走。

而「朱古力波」在反覆研習過不少 AV 名作後，終於發現這種站立擺動的交合方式，難度頗高，正好適合他用來突出自己的超人特質，也可以讓觀眾把自己與其他男優區分開來，所以便向 AV 導演提議一試，結果一炮而紅，「車站便當」體位便成了「朱古力波」的招牌標誌。

不過我先前曾經說過，AV 男優的一分一毫，都是用精血換回來的，完全冇花冇假。事實上，「朱古力波」也曾面臨身體上的最大挑戰危機，就在他二十九歲的一年，一朝起來發覺自己的腰肢痛得要命，而對 AV 男優來說 —— 腰就是事業的基石，也是一生的命根。天曉得與「車站便當」的逞強有沒有關係，幸好在一連串的整骨治療及筋骨強化的物理治療後，身體狀況又回復過來。滿以為又渡過一次難關，想不到兩年後另一更大的挑戰才真正降臨身上 —— 某天他醒來，全身痿軟乏力，再看一看鏡子，眼睛黃濁不堪，連忙往醫院求診，結果發現原來染上 B 型的急性肝炎。

沒有人知道病況和 AV 男優的工作有沒有關係，但要治療至少也要休息上數月之久，而且期間一切的劇烈運動（自然包括性愛）均必須停止，簡言之就是要「朱古力波」進入手停口停的處境中去。雖然經過艱苦漫長的治療，他終於都暫時回復健康，但 AV 男優的工作，要用個人健康來付上代價的事實，大抵已經清晰不過了。

出齒龜

一般而言，AV 中的男優角色都沒有多大的發揮空間，因為焦點通常都只會放在他們射精的一刻上。不過在少數較為強調劇情的 AV 作中，有一類角色往往會給他們有較大的演繹空間，那便是出齒龜。所謂出齒龜即指有偷窺癖好的常犯者，與英語中的 Peeping Tom 相同。它的特色是不用透過性交，僅憑偷窺對象而足以產生性興奮。出齒龜的起源要回到 1908 年，當年的 3 月 22 日，有女性在從大眾浴場回家時被殺，經一番追查後發現兇手是一名有偷窺習性的男性 —— 綽號名為「出齒的龜吉」，所以從此在日本文化中偷窺狂便有了出齒龜的另名。而對 AV 男優來說，可以演出出齒龜的角色絕對是一值得慶幸的事，因為代表自己有更大的表演空間。

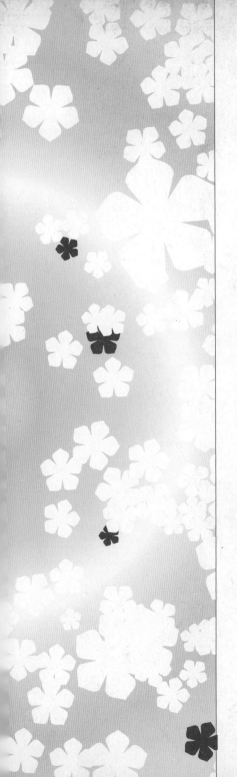

人人有位入

　　相對於加藤鷹又或是「朱古力波」，出道已經八年了的保坂順（現名「中井順」）或許名聲不如前兩者般響亮，但說他是現今 AV 業界裏的中流砥柱絕不為過。我在初與他碰面時，也覺得有點疑惑，因為他個子矮小，而且外表又沒有甚麼特別之處（至少沒有「朱古力波」的身型），難道他又擁有如加藤鷹大師的必殺性伎？

　　原來行行出狀元，人人有位入。我上網在 Wikipedia 中找到「保坂順」的條目，其中提到：「保坂順是日本的 AV 男優，暱稱為 Hosaka 先生。他以『汁男』的身份出道後，透過個人的積極努力，成為少數的著名 AV 男優，而個子矮小以及聲線高吭是他的特徵。出道後通常擔演被女優擺弄，又或是作為痴女角色的對手，專門演出受制者的角色，現在則連任何激化的強姦又或是凌暴場面都會拍攝。」至此我才恍然大悟，明白到人人都可以成為狀元，一切僅在乎市場的供求定律調節 —— 想不到我眼中的弱點，正是保坂順在業界中生存的獨特位置空間。

　　保坂順在八年前入行，本來他是一名貨車司機。「我自小已十分愛看黃色影帶及刊物，於是一早立志想投身入黃色事業。加

上司機的工作前景不大，於是便透過應徵廣告去申請當 AV 男優。自從入行後，感覺就好像夢想成真，能夠以兒時夢想為職業，大抵是快樂不過的美事。所以可以的話，我真的希望可以做到五十、甚至六十歲才退下來。」

以我所知，AV 作品中「熟女」系列蔚然成風，但「熟男」作品則似乎仍未有所聞，不知道保坂順的願望將來有沒有達成的可能，但今時今日的 AV 業界則似乎真的不可以缺少他，因為他現在每個月最少也拍二十齣作品 ── 我們見面的當天，在訪問後他便要立即入錄影廠進行連場大戰，工作絕不輕鬆易做。

既然想做到五、六十歲，身體的健康真的十分重要。「現在於平常的日子，都會很在意去鍛練自己的體格，而且時常會到運動會所操練。我自己是一個性慾很強的人，即使一年三百六十五天都要做愛也絕不會生厭。當然這也是當 AV 男優的必然條件，個人也認為自己擁有超人式的體質。不過作為一個專業的 AV 男優，好好保重個人健康也是專業守則的一部分，所以在平常日子中，自己也不會隨意虛耗不必要的精力。」

不過即使如何慎重，人始終不是機械，間中有失準的情況也難以避免。「在現場中不能勃起的情況，説完全沒有的話也不能説得通，人的體質始終會因應當時的健康狀況，又或是心理上的變化而出現起伏差異 ── 我自己是一個意志力很強的人，在現場中即使偶有不順暢的情況出現，最終都能以個人意志來克服，我想個人對專業意識的側重十分重要。最目前為止，我從沒有出現因射不出精來而影響拍攝的情況出現，這是專業演員很重要的關鍵守則。」

是的，我深切感受到保坂順的專業誠意。採訪那天春寒未散，街道上的風吹來仍削臉冰冷 ── 我們在穿上羽絨外套之時，他卻僅以一件短袖汗衣在為我們擺出不同的甫士來。同理言之，面對現今日趨激化的性愛場面，他亦二話不説，一句絕無限界來加以回應。

「對我來說,拍甚麼風格的 AV 片,基本上沒有底線限制,所以如你所言的『變態』式作品,如糞便系又或是各式激烈的擬真式強姦作等,我都不會推遲。一方面作為一個 AV 男優,你要有嘗試的專業精神,事實上大部分的 AV 企劃,你都不可能在現實生活中作親身體驗,所以參與企劃製作本身已是一次冒險的歷程來。既然你都未曾試過,又怎知道自己可以不可以呢?我現在每月拍攝的二十作中,大約有十分之一是你提及的這一類作品。如果我有底線,那只會是不接受破壞『保坂順』名聲的作品,那才是我不能忍受的製作。」

正如保坂順提及,自從當上了 AV 男優後,身邊不少友人均十分羨慕他的「豔遇」——可以時常和男性心目中的性愛天使共赴巫山。但我卻愈聽愈心寒,事實上這一行肯定沒有工傷保險的觀念存在,即使他們有幸不會在現場受傷,但慢性病患又能否避免呢?不過我們身處當代的非人化後資本主義社會中,其實就算不做 AV 男優,身體也不會好得到哪裏去,背後的是非黑白又委實甚難説清。

AV 界與摔跤界

原來向井朱古力波游走於 AV 界及摔跤界的例子並不罕見,早於 95 年當時的租賃網絡龍頭店舖「錄影帶安賣王」,就得到摔跤界的藤原組支持,而且派出當時選手如小坪弘良去充當 AV 男優。真正成為熱潮的自是兩者的成員不斷互相易位,現在職業摔跤界的選手雁之助有出任 AV 男優,甚至有監督矢口壹琅成為 AV 導演;與此同時,亦有不少 AV 女優同時加入女子摔跤界,如若菜瀨奈、夢野麻利亞、草凪純等。後來連 SOD 都有贊助全日本的女子摔跤大賽,可見兩者的關係何等密切——性與暴力,大抵始終都是最佳拍檔。

AV 現場
真擊報道

關於菅原智惠
及夏目奈奈
的二、三事

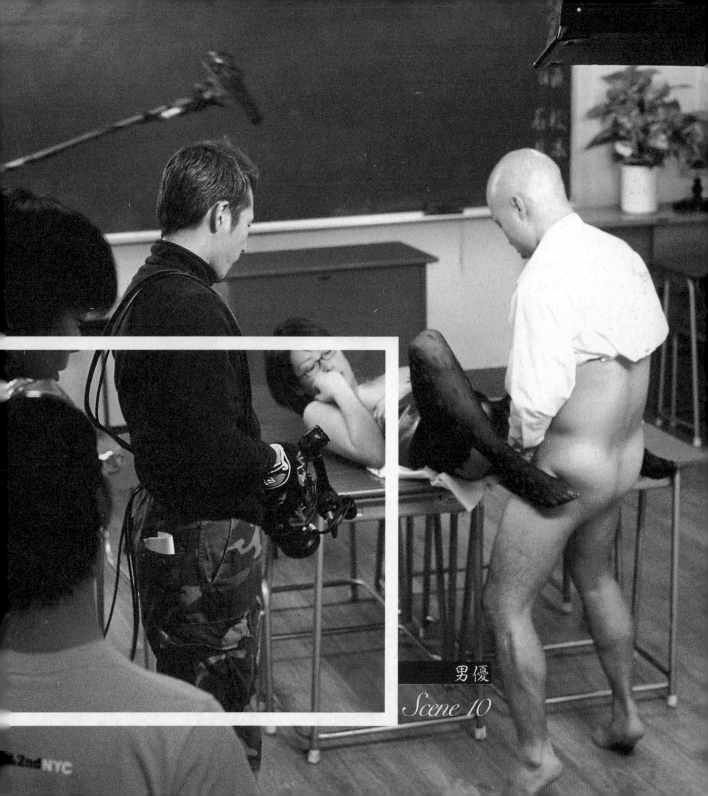

男優

Scene 10

對於 AV，我們從來都有多重想像 —— 面對情色，人人均會不由自主有莫名的興奮。而這種名副其實的「色情的想像」（Pornographic Imagination），其實很多時候建基於文化的距離，因為像霧又像花，我們自然可以供個人任意馳騁迴旋。我曾經撰文分析文化差異帶來的詮釋距離：

　　「不少人把香港的色情文化大蛻變，歸功於《蘋果日報》的『豪情版』，它當然有其以指南風格，起了為色情事業『解魅化』的歷史價值。但與此同時，它亦同步確立了抵食夾大件的數量基準設定。在往後陸續出現的相關版面中，你可見由一王兩后到 N 后的無盡追求、招式上亦陸續向高難度挑戰，由是進一步把毒龍鑽乃至後庭花化成日常風景、至於價錢上的『血拼』更層出不窮。歸納起來，背後只有一個基本精神：就是用最廉宜的價錢去爭取最多樣化的服務。

　　你可以說本地的色情文化也同時『與時並進』，它同樣熱切呼應社會的訴求，當大家都要求資訊公開，它們便把所有女公關的資料上網；當大家講求有評核檢定，於是在網上亦出現大量的『賽後報告』；甚至它較政府推行的一切改革也來得徹底，因為早已把所有服務條件及標準一清二楚以數量化的『達標』方式，展示於公眾眼前。

　　驟眼看來，好像不應對本地的色情事業再有非分的要求，至少它較其他行業早已較有危機意識，來進行行業內的自我更新求存。可是我想提的這正是香港人的悲哀，如果把色情事業看成為一重文化工業（請先放下道德包袱，否則文章無法再申論下去），那麼它背後精神文化的匱乏，才是港人所最缺乏思考乃至檢核的部分。我們慣於無夢式的惰性思維，而且對異文化從來沒有深入理解的興趣，所以本地的色情文化，和香港所頌歌的世界美食天堂一樣，往往不過徒具其形，而以外表的色相來瞞天過海，甚至連自己也蒙在鼓裏。」（〈遊戲的人與無夢的性〉，《雜踏香港》，香港青文出版，05）

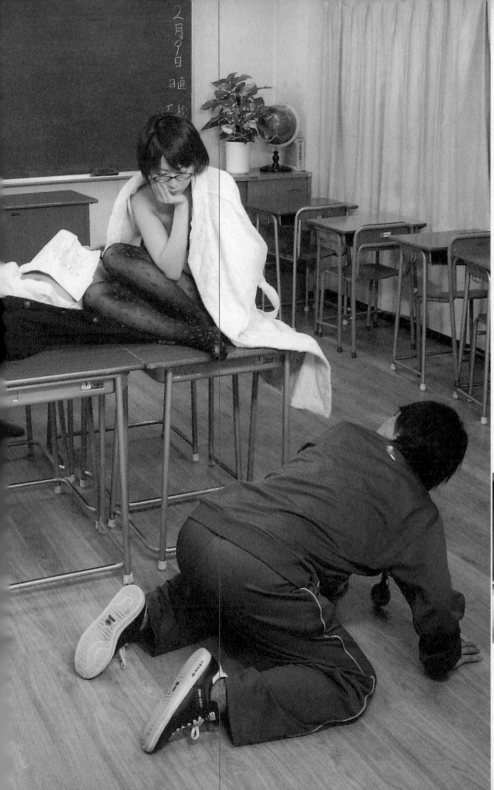

夏目奈奈化身為女
教師，與光頭學生上演
另一場桌上大戰。

　　沿着以上的觀察再加以申論，我得承認現實上香港人對日本 AV 也有大同小異的想像邏輯，簡言之香港人認為 AV 內的美女不僅質素高、概念構思也層出多變、表現處理又劇烈激化，總之無論在任何方面均以壓倒性的優勢「數量化」地擊倒本地製作。以上的想像固然有一定的客觀基礎，否則 AV 在香港也不可能建立龐大的消費者族群支持網絡。只是想像一旦與現實加以對照，又會出現怎樣的後果？是強化了想像的依據，還是把矛盾的鴻溝進一步突現出來？我不敢期望現場觀摩的一鱗半爪印象，可以產生任何掌門人式的定斷裁決，只不過如果實地直擊可以起到點點滴滴的思考刺激，僅欲透過以下的邊看邊想的感官紀錄，來提供切入問題的另一可能角度。

遊戲的形式化僵局

　　我在 SOD 的攝影廠內，偶然地欣賞到菅原智惠導演的新作 —— 名稱仍未確定，但又是另一 SOD 強項製作路線的產品，就是企劃綜藝節目式的遊戲化 AV 作品。一大群企劃女優集中在攝影廠內，而地面則佈置為一個大型的方格棋盤，兩旁有座標標明位置。菅原智惠並沒有躲在攝影機接駁出來的熒光屏後，而是身體力行成為鏡頭前的一分子 —— 請勿誤會，她沒有參與遊戲和女優爭一日之長短，而是擔任遊戲的主持人角色，不斷透過發出不同的指令，來讓遊戲進展下去。

　　遊戲的玩法是：由女優三三兩兩分成不同的組別，以猜拳來決定先後，然後再以兩副改裝過的定位器，由女優負責撥弄，得出來的座標就要由其他女優進入棋盤依座標定位。譬如左腳要到 A4，右腳要到 E7，左手要到 C5，右手要到 H9 等 —— 你可以想像到女優的身體自然會因而被迫變形扭曲，而攝影師正在努力等待女優支持不下去的一刻，因為一旦女優身體的其他部分（除了以上提及的四個支點）碰觸到棋盤，就會成為失敗的一方，自然就要受到懲罰。而懲罰的方法是讓女優盡量保持原來的姿勢，通常都會把雙腿徹底

■ 拍攝現場的工作人員一絲不苟，驟眼看來還以為是甚麼嚴謹的製作在進行中！

分開，然後由蒙面男進場利用強烈的電動震盪器針對女優的私處攻擊，務求令她呼喊得死去活來求饒才作罷。是的，那基本上只是一樂而不淫的綜藝節目式設計，而且所有女優都不過僅穿上比基尼泳衣參賽，嚴格來說都可謂是一潔淨版的 AV 作品。

　　我在錄影廠內觀摩了超逾一小時，坦白而言真的悶得鳥也飛不出來。那並非因為沒有甚麼裸露的場面，而是從中正好看到 SOD 的僵化困局。是的，高橋社長的確是有前瞻性及深具洞察力的領袖人物，他宣佈引退正是要逼使下屬去另闢蹊徑的最後一着，我在現場觀摩恰好得到一重對照說明 —— 過去 SOD 賴以成功的綜藝遊戲式 Crossover 路線，或多或少已進入了死胡同的階段。遊戲的形式不斷重複，往往僅落得徒具其形，而失去了原來的新鮮娛樂性。事實上，以綜藝遊戲式 Crossover 路線來製作 AV，首要條件是要令到參與的女優有全情投入的感覺，遊戲才會有吸引觀眾的感染力。高橋社長的聰明之處，是在設計遊戲時往往演變成一項挑戰（如先前提及的裸體行雪山），令到所有女優都因為外在特殊的環境，而被迫進入了比賽的狀態 —— 於是擬真的幻象逐漸褪淡，而大家也陸陸續續認真起來，其中可能有頗為不人道的地方（如《女柔道家大戰強姦色魔》系列中，便有參加者因竭力反抗而弄至脫臼），但也是追求逼真現場感的不二法門。用輕鬆氣氛開始而以拼命嚴肅的投入感告終，正是高橋社長成功的關鍵之一。然而一旦不得要領，僅把遊戲化的路線作表面化的理解，就會出現我的觀摩經驗 —— 女優各有所想，錄影廠中唯一竭力嘶叫的就是導演菅原智惠，其他人都愛理不理。最緊張的時刻就是各人的出鏡片段，至於其他在背景作人肉佈景板，仍未上場參賽的女優 —— 哭喪着臉的固然有、在撥弄頭髮整理儀容的自然更多、甚至三三兩兩在自顧自吹水更賣力認真。我忽然感到菅原智惠就如一個可憐的老師，面對一群你有你講，她有她風格的「女學生」，實在非常無助。

　　此外，日本人的專業工作風格，在以上的特定處境下，反而出現了負面

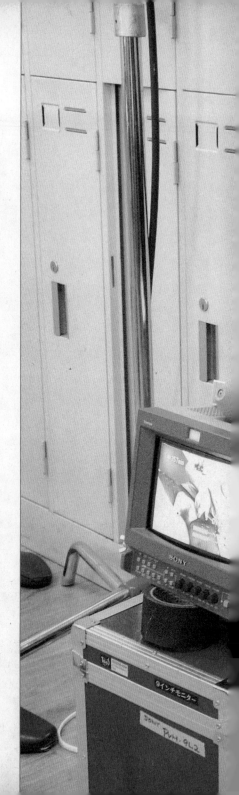

■■ 透過錄影屏觀看鏡頭的調動是不少新一代導演的習性，不過坦白說這從來不是一好習慣，因為代表了導演的信心仍然不足。

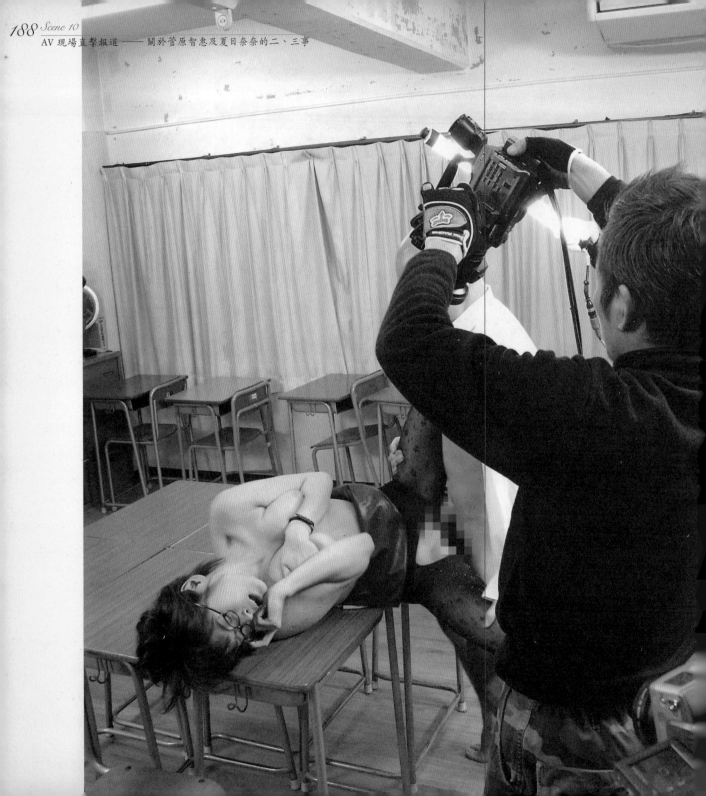

的影響。我們一向珍視及肯定日本人的專業倫理態度，不同人都各守崗位，表達出匠人文化的出色一面。然而，在 AV 的遊戲工場中，正因為製作環境需要的是一重熾熱的投入氣氛，各司其職的分工方法，反而令到現場變得凝重及刻板起來。事實上，攝影師、燈光師、硬照攝影師、收音師，全都很專注於個人的工作，但卻忘掉這是一個遊戲現場 —— 女優和工作人員就如兩組不同的組別，各有自己的存在功能，而且也產生角色上的分離；在同一空間中，一方講求投入，另一方要求冷靜抽離，又的而且確會弄出較為格格不入的整體節奏來。最後，日本 AV 近年因為已朝向全面 DVD 化發展，所以有心人都會留意到，不少 AV 新作均有冗長的傾向，反正以 DVD 的容量來說，要放上兩個小時或以上的篇幅可謂輕而易舉，所以 AV 作品也逐漸出現比拼長度的趨勢。當然這是一種「抵食夾大件」精神的變奏演繹，不過現實中卻不一定可以得到美滿的結果。相信不少 AV 消費者，都曾感受過看 AV 悶到要不斷快搜的窘境，這正是大出血惡拼的負面影響。而菅原智惠新作的拍攝方法，也逃不出以上的風氣，淪為死氣沉沉的有聞必錄版本 —— 只見一組接一組的女優，在重複相同的遊戲程序，而又同樣在接受所謂的「懲罰」，連求饒呼喊的「演技」也大同小異，簡言之你可以想像到製成光碟後的吸引力有多大。

　　聞說錄影廠在其後的一天會拍攝「糞便系」的作品，如果觀摩的是後者，不知又會有何結論……

奈奈現場大突襲！

　　說突襲絕不為過，今次是由 SOD 負責安排提供現場採訪，但實際運作上認真強差人意。即使我們不過是短暫的過客，也充分感受到公司規模擴大了之後，事事官僚化的傾向也益發明顯。是的，據說現在新入職的全屬大學生來了，但卻不見得表現得到提升的保證。為我們做響馬的接待公關 A 小姐，

■ 是的，所謂「打燈」，有時就是拿着一光管在男優後走來走去，問你驚未？

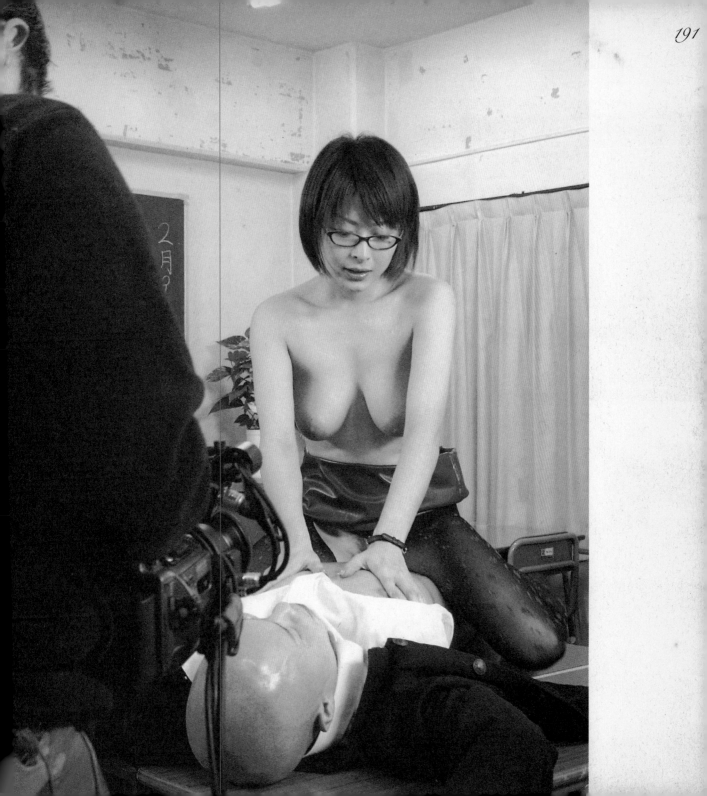

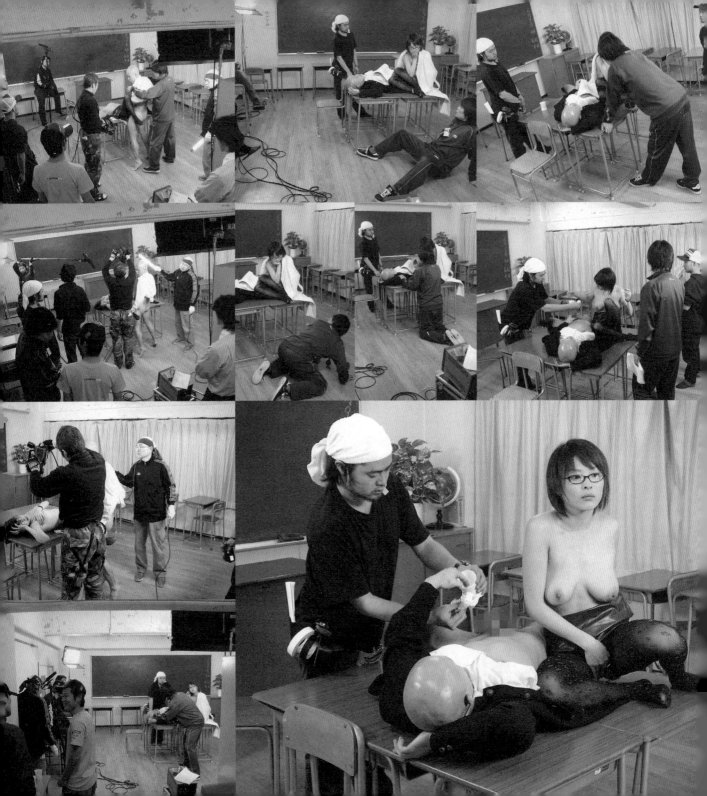

AV
現場

一而再、再而三把我們送往錯誤的錄影廠,雖然她有可愛清純的外貌,伙伴更說她有條件在公司內改作幕前發展,但我深信她肯定屬於 SOD 的冗員之一。更不要論及規模擴充後的辦公室政治角力:在逗留的期間,宣傳公關部與製作部的各自為政教人印象深刻,而且更不斷有抬損的情況出現。在我們等待往夏目奈奈新作的現場觀摩之際,宣傳部已三番四次不斷把時間改動,而且不斷暗示即使去到現場,也應該完成拍攝云云。到最後,一切仍是香港的方法較有效 ── 我們在高田馬場好不容易才找到目的地,所謂的錄影廠是一棟頗為破舊的大廈,其實攝影正在如火如荼的拍攝階段中。在好聲好氣好心好人的溝通等待後,還是炒蝦拆蟹問候對方的手段來得直接管用。我和攝影師終於可以殺入現場,由得他們不同部門的人在背後指指點點討論不休。

我讀得日文少,所以聽不出他們說甚麼⋯⋯

從見面的第一眼開始,我們都覺得奈奈的相貌與香港的湯盈盈有點相似,就如碰上高橋社長後,直覺就是陳啟泰站在面前與自己握手。我們都算頗為幸運,現場正好拍攝奈奈與男優大戰的戲肉 ── 兩人赤裸交合,並不斷轉換不同的姿勢。但我不知為何,目光總是離不開那名個子矮小的光頭男優。光頭男大抵是全場中最矮的一人(包括工作人員在內),但身型頗為健碩,看得出是健身室的常客,不過相信令他成為男優最重要天賦,相信是他不成比例的巨棒。我之所以為他吸引,其實是於心不忍,在鏡位的不停調動下,光頭男左左右右前前後後的舞動他的天賦之資,但同時又要一直強忍 ── 先要忍住不可射出來,導演軍令如山,一刻未下發射指令,先鋒也只能且戰且忍;後要忍住不要軟下來。是的,拍攝時間不短,加上體位的移動,又要提供時間給幕後人員調節器材,所以其實中間不可避免會有冷場的情況。聞說在美國的小電影業界中,其專業分工的仔細程度去到鉅細無遺的階段,在中場休息之際,更會有專人繼續為男優提供口舌服務,以保持他們的堅硬程度,以便可以隨時重新進入拍攝狀態。可是現在,可憐光頭男能夠依賴的

■ 不要小看那幾塊毛巾,現場中全憑它們來「慰勞」身水身汗的工作人員。

只有自己的一雙手，其他的支援一切欠奉。

對，那場 AV 是關於甚麼？其實也不過是一老師與學生的設定處境，然後便胡裏胡塗地大戰起來。由於夏目奈奈是目前的頂級王牌女優，所以劇本也完全不用講求，因為她的胴體一出，自然已經有萬千的支持者付費追捧。所以單體女優的作品，事實上往往在意念構思的瞄頭上，不若其他類型的 AV 般吸引。是的，有 AV 迷會喜歡青春美麗的胴體、也有人愛看不同的新鮮意念變化 —— 至於夏目奈奈的表現如何？你不是看過了嗎？

我在此聊作補充：其實即使如奈奈貴為一姐，在現場裏也不過如鄰家女孩般，沒有甚麼的專用保母，也沒有甚麼的專用化妝師。而且現場中所有人大抵也相敬如賓，彼此客氣交談，完成後就恍如大家參與一台學校製作的舞台劇表演般，互相感謝嘉勉，就只差謝幕一場戲罷了。我們卻來不及把好戲看畢，因為要趁在 SOD 各部門發生正面爭執之前趕快離開，以便無端掉入另一趟禍水中。

甚麼都沒有發生

說甚麼都沒有發生，並不是教人洩氣的說話。因為現場觀摩的一鱗半爪，自然不足以產生翻天覆地的觀念修正。正如我在題目中所云：一切增益都不過是關於業界中人的二、三事認知，我們仍然會抱持自己的「色情的想像」去觀賞 AV，而且我益發相信那才是大家各自的消費態度 —— 是的，假設我說奈奈在現場中其實不如上鏡中漂亮（其實我由衷覺得她穿衣服較不穿衣服更加好看），又或是「演技」更頗為虛假等等，大抵也不會影響各位欣賞她新片的興緻。我消費故我存在，在受眾文化當道的今天，甚麼都沒有發生的正解為甚麼都不用發生，因為一切大家均了然於胸，在彼此的想像領域中早已共生共存了。

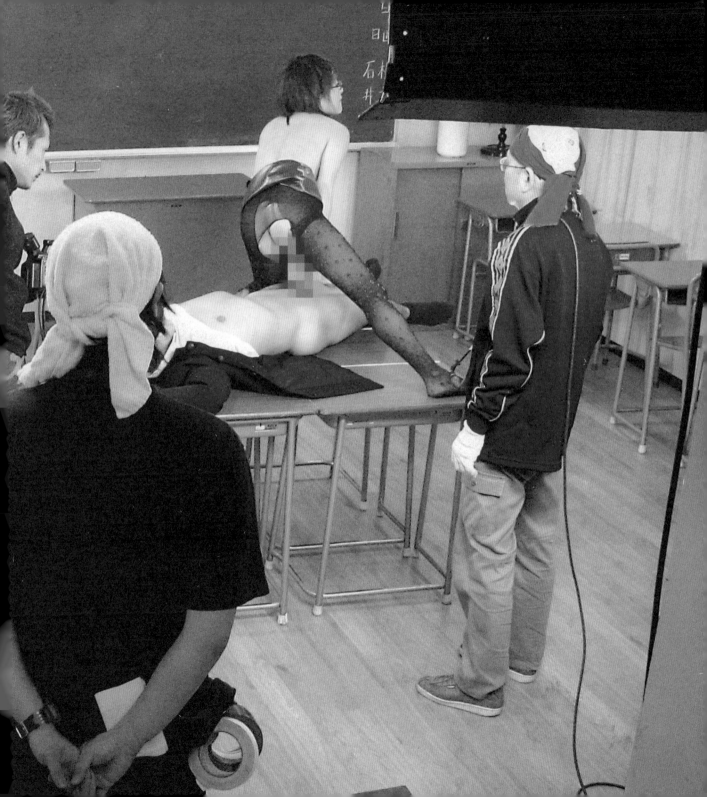

AV 教育

完成全書後，我想把它送給我的學生 —— 包括已從大學畢業、仍在唸大學又或是處於中學階段的你們。

自從轉戰教育界後，遇上對文化藝術有興趣的學生，不下十數次他們均不約而同向我問兩個問題：一．阿 SIR，我得唔得㗎？二．果份工做唔做得㗎？前者反映出對個人能力的疑惑，後者透露對眼前遇上的工作性質及機會心大心細。以上的問題在十數年前也時刻盤旋於我的腦海，左手看黃凡及莫言，又怎會對用右手寫下的小說不滿腹狐疑？仰望他人開口高達閉嘴柏索里尼，手上的電影隨想又怎會不顫抖難安？至於後者，我畢業後的首年做了三份正職及Ｎ份兼職，唯一教我猶豫不決的就是應否為《閣樓》寫風月小說及性愛星座。幸好有前輩點醒我道在糞溺，才得以啟動風之筆爬格子有如神助。

我並非想以過來人來與你們說教，過了海就是神仙一向是我不齒的態度。事實上，以上的問題仍以現在式存於自己的身前身後。在寫作的時候，我常問自己可以嗎？我的寫作界友人會做得更好嗎？如何可以提升全書的質素？以及盡量去聆聽身旁的友好意見（是書的名字也拜素黑所賜）。至於工作上的挑戰，你們可以想像到身為老師的我，對《AV 現場》所會帶來的壓力，不可能一無所知。我只想和你們分享：當你沉浸在文化藝術的世界後，以上的兩條問題肯定會伴隨一生。我們不會退讓，卻繼續懷疑 —— 是之為我送給你們的ＡＶ教育。

大迫由美

中井順

末藤為雄

日比野正明

小室友理

高橋がなり

nana"

菅原ちえ。

本名は″菅原千恵″です。
これからも よろしく お願い致します。

AV 現場

作　　者：湯禎兆
執行編輯：郭美玲
攝　　影：張永浩
美術設計：楊應雄
校　　對：彭海銘

CUP

出版 / 製作：TOM（Cup Magazine）Publishing Limited

地址：香港銅鑼灣銅鑼灣道180號百樂商業中心13樓
電話：3426 3333
傳真：3426 3336
電郵：books@cup.com.hk

印刷：利高印刷有限公司
香港黃竹坑道 33-35 號好景工業大廈 1/F 及 9/F 全層

發行：德記書報（發行）有限公司

2005 年 7 月 初版
2005 年 8 月 第二版
2005 年 10 月 第三版
2006 年 1 月 第四版

ISBN 988-98609-1-0